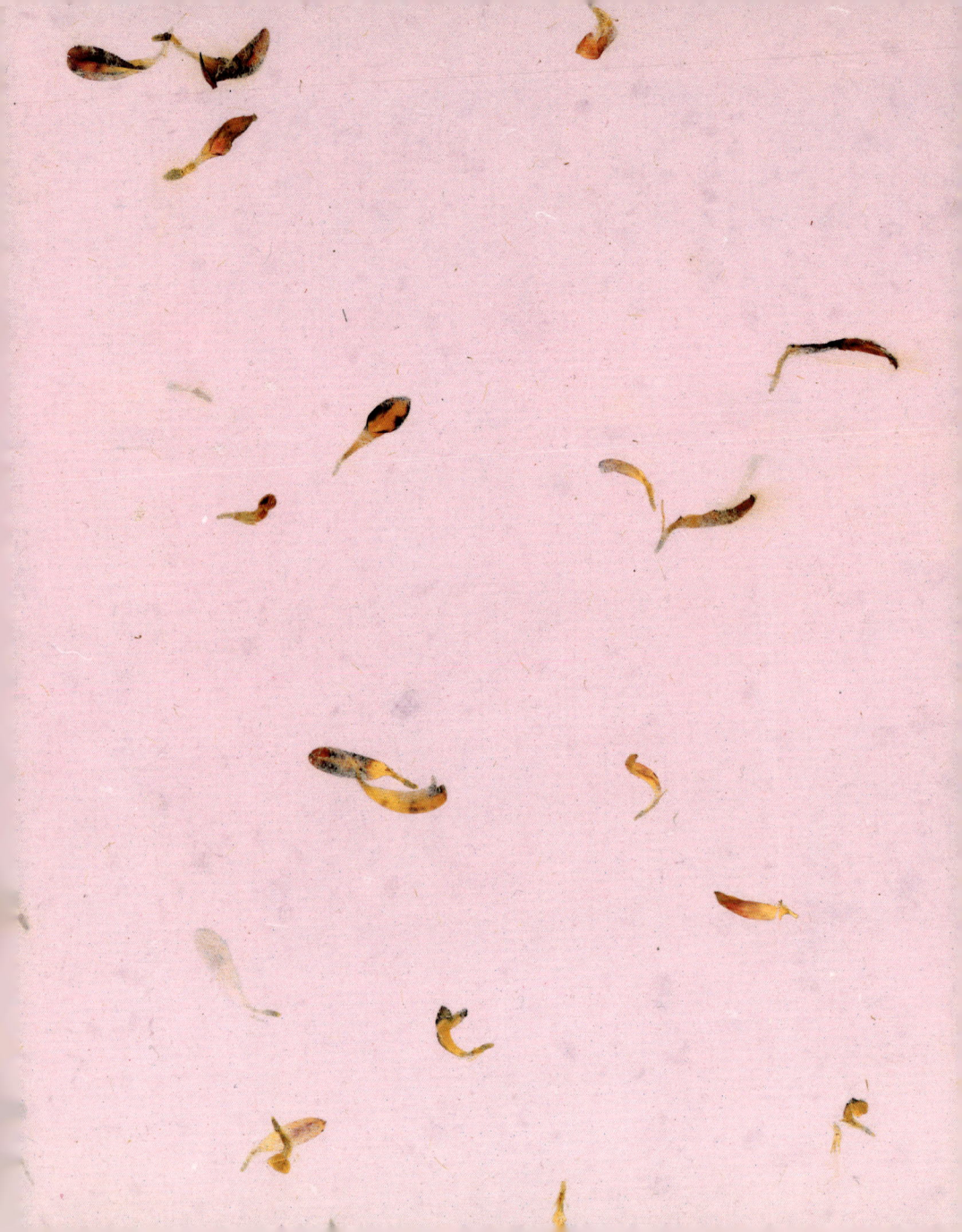

Nabi

전경린 글 · 이보름 그림

전경린 공명共鳴 산문집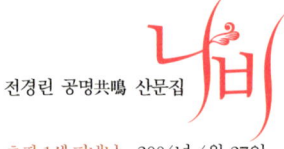

초판 1쇄 펴낸날   2004년 4월 27일
2판 1쇄 찍은 날   2006년 3월 21일
2판 1쇄 펴낸 날   2006년 3월 31일

지은이   전경린
펴낸이   임동선
펴낸곳   늘푸른소나무

등록일자   1997년 11월 3일
등록번호   제1-3112호
주소   서울시 마포구 서교동 351-25 유창빌딩 401호
전화   02-3143-6763~5
팩스   02-3143-3762
E-mail   esonamoo@naver.com

ISBN 89-88640-57-8 03810

Nabi

전경린 글 · 이보름 그림

그 동굴에서 무슨 일이 일어나고 있을까

그런 생각이 들 때면 난 빙그레 웃는다. 아기 때는 단지 배가 고파서, 엄마가 곁에 없는 것 같아서, 배설을 해서, 어두워서, 조용해서 혹은 시끄러워서 죽을 듯이 그악스럽게 울어댔다. 반면에 노인들은 죽음을 향해 고독하게 소멸해가면서도 무표정하고 묵묵하게 다가간다. 그 사이에서 나는 나이의 경건함을 본다. 나이는 성스럽다.

남자에게도 여자에게도 고양이와 다알리아와 오리나무에게도 마찬가지이다. 나는 그 중 여자의 나이에 관심이 많았다. 그것은 아주 어린 시절 깊은 상자 속에 담겨 있던 비단 공단 양단 지지미, 옥양목, 갑사, 뉴똥, 다후다, 융, 레이온, 여러 가지 레이스천 등등 각양각색 온갖 무늬의 찬란한 천 조각들을 훔쳐보았기 때문이다. 그때부터 나는 여자들의 나이를 꿈꾸었다. 여자들은 나이가 들면서 점점 다른 여인이 되어 갈 것이라고 나는 상상했다. 나도 찬란하고 우아하고 열정적인 그 누군가가 되고 싶었다.

미국 여성 작가 에디슨 와튼은 30세 이후 여성의 역사를 기록하는 것은 20세기를 바라보는 작가로서 당연하게 직면했던 도전의 일부였다고 말했다. 여성의 30대 이후는 사실 최근까지도 발굴되지 않은 동굴처럼 닫혀 있었다. 그 동굴에서 무슨 일이 일어나는가……

나는 마흔 살에서 뿐만 아니라 쉰 살에도 예순 살에도 나이 먹어 가는 여자의 경험과 내면과 파동에 대해 쓰게 될 것이다. 도전이라기보다는 무한한 도취와 충만한 비상의 황홀경 속에서…… 나비처럼.

이 책은 뜻밖의 제안에 의해 만들어졌다. 작가가 된 이후 쓴 8권의 소설 내용 속에서 특별히 여자의 나이와 사랑이라는 맥락에 닿아 있는 자락들을 베어내 새롭게 단장하고 우리가 나이 먹는 흐름대로 재구성하였다. 마치 10년 동안 가꾼 나의 정원에서 가장 귀한 꽃만을 잘라 화병에 꽂은 기분이다. 색깔과 감촉과 향기로 만들어진 이야기. 이 꽃들의 향기와 감촉이 나이 먹는 여자들의 가슴에 촉촉 스며들어 비상의 꿈을 이루도록 도와주기를……

여림과 강렬함 사이의 역설

전경린 씨를 알고 지낸 지 5년이 조금 넘었다. 하지만 내가 그의 열성적인 독자가 된 지는 그보다 훨씬 이전이다. 여성의 일상과 정체성에 대한 예리한 인식, 강렬한 비유, 고압의 열기로 가득찬 문장들…… 그의 글을 읽으면 언제나 분명한 그림이 그려졌다. 나는 그 글의 표현주의, 혹은 야수파적 풍경에 늘 매혹당했다. 그래서 혼자 그의 얼굴을 상상하곤 했다. 그런데 정작 얼굴을 마주 대하고 보니, 그는 평범하다 못해 여리디여린 여인이었다. 그의 실제 모습 안에 그런 글이 들어 있다니! 쉽게 믿어지지 않았다. 하지만 조용조용한 그의 목소리 안에는 숨죽인 에너지가 으르렁거린다는 것을 나는 오래지 않아 깨달았다. 그는 어느 순간 믿어지지 않을 만큼 담대하고 결연한 사람으로 바뀐다. 마치 남자들의 세상과 전투를 치르려는 아마조네스 같다.

그래서 그의 글에 대해 그림을 그리는 일은 난처했다. 그 여림과 강렬함 사이의 역설을 표현할 길이 쉽게 보이지 않았기 때문이다. 섬세하면서도 강렬한 그의 글에 걸맞은 이미지는 쉽게 찾아지지 않았다. 가장 여성적인 것이 가장 강한 것이 될 수 있음을 어떻게 보여주어야 할 것인가? 그 고민이 이번 작품 속에 담겨 있다.

그의 잠언은 때로 같은 여자로서 나의 생생한 고통이 되었으며, 동시에 그 고통을 함께 넘어가는 보편적 존재로서의 행복이 되었다. 이 고통의 축제가, 전경린에 대한 나의 매혹이, 독자들이 와서 함께 느끼며 숨쉬는 소통의 풍경으로 이어지기를 바란다.

CONTENTS

Twenty Nabi

스무 살,
지금의 얼굴은 전생에 가장 사랑했던 사람의 얼굴이다

생 은
얼 마 나 많 은
소 곤 거 림 으 로
가 득 한 가 .

스무 살이란 원래 막막하라고 있는 나이 같다. 확실한 건 아무것도 하지 말라고 있

는 나이…… 어른들은 습관과 의무 속에서 살고 아이들은 충동과 잔소리 속에서

살며 스무 살의 나이는 몽상과 도주의 욕망 속에서 살아간다.

그러니 설사 막막할지라도 슬퍼할 필요는 없다. 스무 살의 권리이니까.

12

경험하지 못한 나이에 대해서 섣불리 이해하려 해서는 안 된다. 그리고 사실 이해한다 하더라도 그것은 피상적이다. 그들이 얼마나 노련한지 혹은 서툰지, 늙었는지 아니면 아직 젊은지, 얼마나 안전한지 혹은 위험한지, 생에 대해 진지한지 기만적인지 혹은 냉소적인지, 그리고 나를 어떤 눈으로 보는지, 모든 것이 늘 오리무중인 것이다. 오리무중의 세상, 그것이 미경험의 나이이다.

학교를 마치고 집으로 가는 길은 하루 중 가장 슬프다. 그건 춥기 때문이 아니다. 저녁이라는 허방다리를 딛는 것 같은 시간이 기다리고 있기 때문이다. 그래서인가, 길 끝은 이제 막 영화가 끝난 거대하고 검은 영사막처럼 보인다.

옛날엔, 아주 옛날엔 고래와 소와 하마가 한 몸이었다고 한다. 고래와 소와 하마가 같은 거울 속에서 세상으로 나왔다고 한다. 나는 누구인가. 아직 허구인, 고래이면서 소이면서 하마인 한덩이의 수수께끼인 나……. 나는 한덩이의 미분화된 나인 채로 운행을 시작한다. 처음에 달이 그랬듯이…… 그 어둡고 쓸쓸한 하나의 혹성이 제 운행 속에서 드디어 달이 되었듯이…… 나는 나를 운행한다.

사람은 살아생전 자기가 가장 사랑했던 사람의 얼굴로

다시 태어난다고 한다.

지금의 얼굴은 전생에 가장 사랑했던 사람의 얼굴인 것이다.

(지구인들의 65퍼센트가 환생을 믿는다고 한다.)

사랑은 언제부터 시작되는 것일까.

사랑은 처음부터 시작된다. 탄생과 함께 사랑은 이미 시작되었다. 그러니까, 사람은 저마다 자신이 만날 사랑을 키우면서 성장하는 것이다. 그래서 일생 동안 사랑을 발견하려고 한다. 자기 속에 묻혀 있는 사랑을 현실에서 구현하려고. 그런 느낌, 그런 냄새, 그런 눈빛, 그런 손의 형태, 그런 손의 촉감…… 수많은 사랑에 관한 이미지들을 나는 오늘도 찾아 헤맨다. 그리하여 어느 날 사랑에 빠지면 그 모든 것이 옛날에 일어났던 어떤 기억을 일깨우는 것같이 전율이 인다. 사랑은 그러므로 합리적인 갈망이 아니라 비합리적인 본능이다.

우린 다들 초조해서 무언가를 한다. 심심해서 혹은 심심함이 불편해서.

아니, 초조는 심심함과는 전혀 다른 무엇을 갖고 있다. 심심한 것과 초조한 건 다

르다. 초조는 막연한 무위가 아니고 뭔가 해내야 할 일에 대한 강박증이며 어쩌면

미경험의 처녀이기 때문에 더 강하게 반응하는지도 모른다.

무슨 일이 일어날 것만 같고, 혹은 무슨 일이든 일어나야 할 것만 같은 느낌. 하지

만 경험을 했다 해도 마찬가지이다. 초조함에서 벗어나기 위해 경험을 해버리지

만 여전히 초조한 것이다. 첫 경험 뒤엔 다음 경험이 기다리고 있으니까.

사람들은 첫사랑을 떠올릴 때 화들짝 놀라고 이어 얼굴을 약간 붉힌 뒤, 막막하고 허술한 표정이 된다. 그리고 흔히 이런 관용구로 첫사랑에 관한 말을 시작한다.

'글쎄 그걸 첫사랑이라고 할 수 있을지 모르지만…….'

첫사랑이란 실은 둘 사이에 아무 일도 일어나지 않은 어떤 억눌린 감정에 관한 추억인 것이다. 물론 그렇지 않은 사람도 간혹은 있다. 첫사랑이 생애에 유일한 사랑인 사람들. 그런 확신이 단 한 번으로 영원히 자신을 사로잡을 때, 명료하지도 않고 약속도 없는 하나의 이미지가 존재의 결계가 되기도 한다.

청춘의 시기에는
누구나 고아가 된다.
청춘은 고문이다.

소녀들은 좀처럼 세정제를 사용하지 않을 것처럼 보인다. 소녀들을 보면 예쁘기

도 하고 안타깝기도 하고 슬프기도 한 감정이 치밀어 오른다. 오래 전 나도 거울

속에서 그런 소녀의 얼굴을, 소녀의 가슴을, 소녀의 음부를 보았었다. 손톱만큼의

실수도 없이 손톱만큼의 상처도 없이 날렵한 손길로 단번에 봉인된 정묘한 육체.

꼭 닫힌 꽃봉오리처럼, 리본이 묶여진 선물 상자처럼 달콤하고 풋풋하게 닫혀 있

는 육체, 아직 봉인된 생……

그녀들은 자신에게 어떤 일이 다가오고 있는지 알 수가 없다.

그래서 그들을 볼 때는 박하향이 터진 것처럼 눈이 시리다.

21

욕망과 호기심을 구별하기가 너무 힘들다. 혹시 욕망 따윈 없는 것이 아닐까. 욕망이란 호기심보다 좀더 전형화되어 있고 집단적이고 원형적인 것이고 반복적인 욕구 정도일지도 모른다. 욕망이든 호기심이든 그 정도를 이기지 못할 인간이 어디 있을까······.

첫경험은 대개 형편없다. 하긴, 남자에게 첫경험이 무의미한 것처럼 실제로 여자에게도 첫경험이라고 해서 굳이 간직할 만한 건 없다. 여자에게 첫경험이 소중하다는 건, 첫경험이 여자의 생을 지배하는 운명이라고 주장했던 지나간 시대의 말일 뿐이다. 첫경험, 그것은 단지 소통일 뿐이다.

이 단절된 세계의 틈에 머리를 들이민 밀통. 그쯤만으로도 첫경험은 훌륭한 배움이다.

낚싯바늘에 걸린 물고기의 눈을 본 일이 있다. 살 속의 바늘이 영혼까지 찢어버린 것일까. 낚싯바늘에 걸린 물고기는 그저 느리게 아가미를 열었다 닫았다 할 뿐이었다. 야만적인 도륙 앞에 자신을 통째로 내맡겨버린 투명한 단추 같은 물고기의 눈…….

간혹 어느 날 밤에는 그런 생각이 극에 달하기도 한다. 수면제를 치사량만큼 믹서에 갈아 맥주와 섞어 마시고 만유인력이 지배하는 이 궤도 바깥으로 튀어나가 버릴 수도 있을까.

꿈속이란 흡사 간질병 환자의 발작 같다. 그것은 한 인간의 시작과 끝의 비밀에 닿아 있어서 도무지 뿌리뽑혀지지 않으며, 글자와는 화합할 수 없는 그 무엇 같다. 연기나 타버린 재가 이룬 형상처럼 손끝으로 건드리면 툭툭 무너진다. 꿈은 그런 것이다.

사회라는 것, 그것을 생각하면 눈을 감고 코끼리를 만지는 듯
하다. 투명하면서도 들어설 문이라고는 없는, 뫼비우스의 띠
같은 이상한 성……. 이 미지의 성으로 들어서는 일은 너무나
숨이 가쁘다.

십수 년을 묵으며 상자 속에 모여든 것 같은 천 조각들을 보면 누군가의 얼굴을 보는 것 같다. 이불 홑청을 뜨고 남은 것들이거나 저고리나 치마의 남은 천 조각들, 혹은 베갯잇이나 언니의 드레스나 블라우스, 또 방석이나 밥상보를 뜨고 남은 조각들…… 그 각양각색의 빛깔과 질감과 무늬들에 취해 한 조각 한 조각 손바닥 위에 펴보고 상자를 닫을 때면, 내 가슴 속으로 알 수 없는 감정들이 회오리쳐온다. 그것은 마치 차곡차곡 접혀져, 내 생의 어디선가에서, 복병처럼 기다리고 있을 삶의 낯선 얼굴을 미리 펴보는 것과도 같다.

Twenty Five Nabi

스물다섯,
결혼하는 여자와 여행하는 여자

스물다섯 살의 여자는 크게 두 종류로 나눌 수 있다. 결혼하는 여자와 여행하는 여자. 그것은 현실의 강박적 요구에 대한 역시 강박증적 욕망일 것이다. 스물다섯이란 나이가 주는 당연한 초조감도 한 몫을 한다. 친구들 중 절반쯤은 이런저런 일로 이 사회와 서먹해져 결혼을 해 사라진다. 그들은 최소한 아이가 초등학교에 입학할 때까지는 비사회적인 인간이 되어 잠수를 하게 된다. 그리고 이 사회와 의가 통하는 3분의 1쯤은 한창 물이 올라 자기 실현에 몸을 불사르기 시작한다. 전사처럼. 그런가 하면 생 자체의 결함을 일찌감치 맛보고 불교와 가톨릭으로 입문해 수행자가 되는 친구들도 있다. 또 집시처럼 세계를 떠돌며 유희나 방관의 삶을 선택하는 이들도 있다. 통틀어 결혼하는 여자와 여행하는 여자, 스물다섯 즈음……

돌아보면, 우리의 삶을 이끌어가는 것은 어느 자리에 박힌 표석이나 어느 공중에 휘날리는 깃발처럼 단단한 목표나 구체적인 꿈이 아니라, 몇 개의 단어와 단어들이 거느린 흐릿한 이미지들, 단어들 사이의 그리움이다.

예를 들면 극광, 방랑, 사막, 자유, 야누스, 왼손잡이, 사탕, 방, 구름다리, 비, 권태…… 소통, 아웃사이드, 절정, 고독, 모서리, 그리고 제로 같은 단어들……. 그것은 이상이나 목표보다 강해서, 지속적인 주문이 되고 암시가 되며 우리 생의 무의식적 의도가 되기도 한다. 마치 아침부터 머릿속을 맴돌기 시작해 잠들기 전까지 떠나지 않는 한 소절의 가사처럼. 예컨대 우리 생의 긴긴 노래는 선명한 색상의 꿈을 꾸고 깨어난 스물한두 살의 어느 아침에 갑자기 시작되는 것이다.

지금 나의 생은 너무 사소해서 이걸 하든, 저걸 하든, 뭔가를 하든, 아무

것도 하지 않든 차이가 없다. 하지만 나중엔 차이가 나겠지. 지금 한 것과 하지 않

은 것에 의한 아주 큰 차이. 나중엔.

그걸 지금 알면 얼마나 좋을까. 지금 필연적으로 해야 할 것들을 미리 안다면 이렇

게 막막하지는 않을 것이다.

바닷물이 파란 것은, 바다가 다른 색은 다 흡수하지만 파란색만은 거부하기 때문이다. 노란 꽃도 마찬가지다. 노란 꽃은 다른 모든 색은 다 받아들이지만 노란색만은 받아들이지 못해 노란 꽃이 된 것이다. 거부하는, 그것이 아이러니컬하게도 자신을 규정한다.

스물다섯 살에는 생이 변하는 순간과 떠나려는 순간, 그리고 영원히 머무르는 순간을 알 수 있다. 스물다섯 살에는 그 순간을 알아야 한다.

막연하게 낯설고 어색함을 갖고 살다가 어느 날 문득 모든 것이 바뀔 때가 있다.

그로부터 삶은 지금까지와는 전혀 다른 궤도로 진입한다. 마치 이런 말을 하듯이.

오래 전에 당신을 본 적이 있는 것 같습니다. 내가 뱃속에 과일 씨눈처럼 박혀 있었을 때도, 다섯 살 때에도, 열두 살 때에도. 사랑은 그렇게 모여들어서 어느 날 갑자기 딱 마주치는 것인가 봅니다.

사 랑 이 시 작 된 이 상 ,
아 주
나 빠 질 일 은 없 다 .

심장의 파동이 일치하는 두 사람이 연인이 되는 데는 결코 오래 걸리지 않는다. 사

랑은 믿는 것이 아니라 느끼는 것이기 때문이다.

여자는 자신의 아름다움 때문에 사랑하고 남자는 여자의 아름다움 때문에 사랑한다. 아름다움이란 자연의 원초적인 폭력이다. 그러므로 아름다운 여자란 남들에게 무슨 짓인가를 하게 만드는, 또 하나의 폭력을 내재하고 있다. 그런데, 그런데…… 한편으로 그 말은 여자의 욕구에 대해 얼마나 무책임한가.

나는 그의 냄새를 사랑했다. 그의 냄새가 나는 공간에서는 세상을 향해 긴장을 풀 수 있었고 세상이 어디로 흘러가든 내 인생에 몰두할 수 있었다. 나의 꿈은 그런 것이었다. 그의 전 생애 동안 오직 나만을 사랑하고 나 또한 단 하나의 남자만을 사랑하며 평생 동안 하나의 생을 온통 함께 사는 것. 우리의 냄새를 다른 냄새와 뒤섞지 않는 것, 나의 꿈은 그것뿐이며 그것은 흡사 하나의 이념과 같이 지킬 가치가 있는 것이라고 믿었다.

에스키모인에게는 희다라는 의미의 단어가 열일곱 개나 있다고 한다. 사계절이 온통 얼음과 눈으로 덮인 세계에선 흰색이 지배적이기 때문이다. 흰색은 그들에게 있어 삶의 장애이고 삶의 허용이고 삶의 구조이며 배경이고 질료이며 온도이고 질감이고 삶이 그곳에서 나와 그곳으로 돌아갈 것이다. 그와 나 사이에도 사랑을 의미하는 단어가 앞으로 열일곱 개쯤 더 생기길…….

사랑은 거절할 수 없는 미혹이며, 독이 퍼지는 듯한 도취이며, 백다섯 조각의 처형 같은 것일 수도 있다. 사랑이란 누구도 관여할 수 없는 독자적 영역이다. 더없이 신성하고 더없이 누추한, 비상이면서 동시에 추락인 이상한 벼랑이다.

당신은 지금 무엇을 하고 있는가. 어디에 있는가. 내 생각은 하지 않을까. 보고 싶다. 지금. 이 순간에 전화가 울려주길 숨이 막히도록 기다리고 있다. 당신이 전화해주지 않으면 도저히 이 순간을 넘길 수가 없다. 이대로 꼼짝도 할 수가 없다…… 내가 당신 생각을 할 때 당신도 나를 생각할까. 아니겠지. 아닐 것이다. 그렇다면 이렇게까지 막막하지는 않을 것이다.

당신의 걸음걸이는 거친 바람을 가르고 다가오는 왕녀처럼 오연하고 가볍고 도도하다. 그리고 횡단보도를 걷고 있을 뿐인데도 아주 먼 곳으로 갈 것만 같은 표정이 거기에 담겨 있다. 그런 걸음을 볼 때마다 난 감탄하면서도 걱정에 휩싸인다. 당신의 걸음걸이에서 나의 운명이 느껴지기 때문이다.

아무것도 약속의 황홀에 빠진 여자를 깨울 수는 없다.

45

꽃을 본다. 꽃들은 생의 피로와 구차한 근심과 소요를 다 먹어 치우는 것 같다. 꽃나무 아래서는 2센티미터쯤 발이 들리는 것같이, 다른 경지에 발을 딛은 것처럼, 지독하게 고요해진다. 정말 꽃들에겐 어떤 비밀이 있을 것만 같다. 꽃은 보는 것이 아니고 경험하는 것이며 거기에는 명상을 체험하는 것과 같은 신비한 힘이 있다. 영혼을 고양시키는 힘. 그래서 사람들은 무의식적으로 꽃구경을 가는 것이다.

눈은 카메라의 검은 상자처럼 물체를 거꾸로 받아들인다고 한
다. 그리고 색채와 형체의 모자이크 같은 점들을 후두엽의 회벽에 반사시켜 뇌로
읽어낸다고 한다. 그런 읽어냄은 우리가 인지하는 것에 비할 수 없을 만큼 무한한
것을 한순간에 이미 파악한다고 한다. 거꾸로 받아들여서…….

이렇게 높은 곳까지 올라온 줄 몰랐어요. 당신 손을 잡고 당신 눈길을 따라가느라, 이렇게 높은 곳에 올려진 줄도 몰랐어요. 날개라도 달린 듯……. 그런데, 당신은 없고 이렇게 높고 외딴 곳에 나만 남겨졌어요. 세상은 나를 향해 일제히 불을 꺼버렸는데, 나 혼자 어떻게 내려가나요? 이 자리에서 꼼짝도 할 수가 없는데. 내가 한 발도 못 움직일 거라는 거 당신도 알잖아요…….

사랑을 따라 순순히 몸을 내맡긴 뒤 벼랑 끝에 서있게 된 여자의 심경을 남자들은 너무 모른다.

남자에게 나를 사랑하느냐고 물었을 때, '아마도' 라고 대답하는 경우. 그것은 정직한 대답이다. 그리고 사랑에 대해 약속할 수는 없다는 뜻이기도 하다.

모멸과 수치조차 감내하면서 구하려는 그것이 목숨이 아니라면, 무엇일까……. 사랑이란, 정말 무엇일까. 그것은 우리 생애에서 몇 번째의 것일까.

코끼리는 사랑을 확인하고 싶을 때, 상대 코끼리의 이마에 자기 코를 대어본다고 한다. 그러면 그 코끼리가 자기를 사랑하고 있는지를 알 수가 있다는 것이다. 사람은 어떻게 해야 자신의 연인이 자기를 사랑하는지 알 수 있을까.

시간이 가면, 언젠가 우리가 알 수 있게 될까. 서로를 사랑하는지 아닌지를.

뭔가를 원하는 순간, 의지를 갖는 순간의 긴장과 구차함이 견딜 수 없이 싫다. 욕망을 갖기 시작하면 하나에서 열까지 필요한 것 투성이다. 갖추려들기 시작하면 마음은 들끓고 몸은 분주해지고 눈빛은 불안하게 흔들리고, 나날은 위축되고 누추해질 것이다. 그런 것이 싫다면 침대 하나도 원하지 말아야 한다. 되는 대로 되라지. 언제까지 패드 한 장만 깔고 딱딱한 바닥에서 자게 된다 해도 저항하지 말 것.

우리가 서로 사랑하려 한다면, 마음이 가난해져야 한다.

해질 때까지 바다에 있어본 적이 없는 사람은 도저히 이해할 수 없을 것이다. 저녁 바다에서는 왜 모든 사람들이 다 팔짱을 끼고 펭귄처럼 비틀대는지……

스쳐가기만 했던 처음의 시간들이 어이없는 낭비처럼 아깝다. 우린 좀더 빨리, 만나자마자 그 첫날에 걸쳐 입은 모든 것을 다 벗어던지고 끌어안았어야 했다. 그랬다 해도 전혀 이상하지 않다.

고래는 네 개의 다리를 가진 육지동물인데 사천만 년 전에 바다로 들어갔다. 앞다리는 가슴지느러미가 되고 뒷다리는 꼬리지느러미로 변했다. 다른 생선들과 달리 입김도 따뜻하다. 그런 고래가, 지금은 그렇다 치고 처음 바다에 들어갔을 때는 어떻게 숨을 쉬었을까. 처음에는 연습을 참 많이 했을 것 같다. 우리가 물 먹으며 수영을 배우는 것처럼. 그리하여 그들이 찾아간 바다는 고래의 숲이었을 것이다. 육지의 두 배도 넘는 거대한 숲…….

경험은 당신에게 '일어나는 것'이 아니라, 당신에게 일어나는 어떤 것으로 당신이 '어떻게 하는 것'이다.

그때도 있었고 지금도 있다. 물방울무늬 원피스. 물방울무늬 원피스는 트렌드나 패션이 아니다. 그것은 분 냄새나 마스카라, 혹은 뾰족구두같이 여성의 원형적인 향수를 환기시키는 하나의 기호처럼 느껴진다. 자신의 생에서 반복될 뿐 아니라, 어머니에게서 딸에게로, 그 딸의 딸에게로 재생되는 여성에 관한 몽상과 꿈과 오해와 추억 같은 본질적인 아련함을 내포하고 있다.

사 랑 은 ……
머 물 게
하 는 것 이 다 .

우리가 명백하게 꿈꾸는 것들은 모두 이루어진다.

그러나 명백해야 한다.

우리가 꿈꾸지 않는 것들에 대해 명백하게 무관심할 것.

Thirty Nabi

서른 살,
세 상 은 외 투 처 럼 벗 고 입 는 것

서른을 넘긴 나는
어느 때보다도
아름답고 자율적이다.

나는 세속의 금들을 넘어서는 것에 어떤 죄책감도 느끼지 않는다. 서른이 된다는

것은 그런 것이다. 죄가 되는가 안 되는가는 오직 자신만이 선택할 수 있고 때로

죄책감 따윈 완전히 사양할 수도 있다.

스무 살 땐 누구나 자신에 대해 잘 알고 있는 것처럼 보인다. 자기 식대로 살기 위해 두리번거리고 검은색 트렁크를 들고 아주 멀리 떠나기만 하면 완전히 다른 생이 있을 거라고 믿는다. 그러나 서른 살에는 그렇게는 생각하지 않는다. 아주 먼 곳에도 같은 생이 기다리고 있다는 것을 안다. 세상에 대해서도 과대망상은 없다. 세상이란 자기를 걸어볼 만큼 가치 있지도 않다. 그것은 의미 없는 순간에도, 의미 있는 순간에도 끊임없이 상영되고, 누구의 손에도 보관되지 않고 버려지는 지리멸렬한 영화 필름 같다. 세상은 외투처럼 벗고 입는 것. 벗어버릴 수 없는 것은 자기 자신이라는 것을 안다. 그러나 누가 자신이 누구인지 알 것인가. 서른 살에는 다만 자신이 아직 자신이 아니라는 것만을 알 수 있을 뿐이다.

아주 어린 여자로 다시 태어난 느낌이 들 때가 있다. 쉽게 자라지도 않고, 쉽게 나이 들지도 않고, 나를 초대한 이 세상에 도무지 익숙해지지도 않을 것 같다. 어린 수양버들이나 비둘기, 혹은 물고기나 고양이 같은 것이 처음으로 사람이 되어 태어난 것처럼.

당신의 눈을 그린다. 어둡고 차가운 숲의 그늘 속에 숨어 있다가 이제 막 나온 사람처럼, 아무와도 닮지 않은 눈. 어디선가에서 살아온 사람이 아니라, 지금 막 만들어진 사람 같은 느낌의 눈.

외로운 눈. 그 눈에서 내 몸의 가난처럼 그 남자의 가난을 알아챌 수 있다. 이해할 수 없게도 그는 마치 나와 그렇게 마주 서기 위해 줄곧 내달려온 외로운 마라톤 선수 같은 표정을 짓고 있는 것이다. 늘 그렇지만 그런 일은 순간적으로 일어난다. 어떤 사람이 다시는 모르는 사람이 아니게 되는 일. 그 영혼을 보아버리는 일.

나는 즉시 그를 통째로 이해해버린 느낌이다. 어쩌면 그 이후에 오는 시간, 요컨대 누군가를 알아간다는 그 시간이란 오히려 우리가 상대를 재확인하는 낭비의 시간에 지나지 않는지도 모른다.

키스는 무엇인가. 전 존재가 교류되는 완전한 의사소통의 느
낌…… 언어 이상으로 지적인 느낌이 몸에 스미는 것. 그러나
그런 힘이 있는 키스는 흔치 않다.

흔히들 더 선량하고 너그러운 사람들이 더 많은 사랑을 한다고 착각을 하지만, 실은 정말로 사랑에 빠지고 사랑을 끝까지 하는 자들은 나쁜 사람들이다. 보다 덜 선량하고, 부도덕하고, 연약하고 이기적이고 히스테릭하고 예민하고 제멋대로이고 불행하고 어둡고 자기도취적이고 집요하면서도 변덕스럽고 독선적이고 질투하는 사람들.

어떤 점에선 열정이 없을수록 삶은 더 선량해진다. 사랑 없이 못 사는 사람과 사랑 없이 사는 사람 중에 누가 더 나쁜 사람일까…….

열정에 취했을 때 여자들은 무엇을 요구하는가. 남자들이 명심할 것은 바로 이것이다. 스커트를 들어올리기 전에 먼저 나를 보고 싶었다고 말해주길. 사실은 나에게 전화를 하고 싶었다고, 하루 종일 내 생각이 떠나지 않아 집을 떠멘 것처럼 온몸이 아프다고. 매번 내 집 앞을 지나치고 그때마다 이렇게 막무가내로 밀고 들어오고 싶었다고, 나를 사랑하게 되어버렸다고, 이젠 못 헤어진다고…….

이태리 봉선화의 꽃말, '나의 사랑은 당신보다 깊다.'

불빛이 휘황한 도심 한가운데를 가로지르는 길고 찬란한 바다를 그리워한 적이 있다. 그런 곳이…… 세상에 꼭 한 곳 있다. 물의 화환…… 이스탄불을 물의 화환처럼 두르고 있는 바다, 보스포루스 해가 그곳이다. 흑해와 지중해인 마르마라 해를 잇는 좁다란 해협, 보스포루스 해는 아시아와 유럽을 가르며 흘러간다. 아시아 쪽 해안선은 길이가 삼십오 킬로미터고 유럽 쪽은 오십오 킬로미터이다. 보스포루스 해협에서 가장 폭이 좁은 부분은 겨우 육백육십 미터에 불과하다.

보스포루스는 카우 게이트라는 뜻이다. 소의 문. 더 자세하게는 흰 소의 문이다. 강의 신 이나코스의 딸 이오의 전설에서 이오가 제우스의 눈에 띄어 사랑을 나누던 중 헤라에게 들키게 되자 궁여지책으로 제우스가 연인을 흰 소로 만들어버린다. 하지만 제우스의 검은 속을 훤히 꿰고 있는 헤라는 파리를 보내 흰 소를 끊임없이 괴롭힌다. 이오는 너무 괴로워서 이 해협을 건너 멀리 가버린다. 그래서 이오니아 해라고도 불리는 것이다.

이오니아 해 양쪽 해안은 수많은 궁전들과 회교사원인 웅대한 모스크들과 별장들과 술집들, 식당들로 이채롭고, 밤이면 얼마나 찬란한지 밤의 강물이 온통 황금빛으로 변해서 골든 혼이라고도 불린다. 이오의 한이 만든 환상이기 때문일까. 내가 본 가장 찬란한 바다에는 그런 전설이 물결치고 있었다.

로맨틱의 본질은 불가능성에 있는 것이 아닐까.

이해란 무엇일까. 소통이 불가능한 채로 한 존재를 이해한다는 것이 과연 가능할까. 그러니 이해한다는 건 곧 억압하는 데 성공한다는 뜻이 아닐까.

한 남자가 그녀의 몸을 요구하자, 친구들도, 꿈속에서도, 영화에서도, 잡지의 카운슬러들도, 꽃과 잠자리와 파리 새끼까지도, 이 세상 모두가 하라고 아우성을 친다. 교합하라고. 남자가 원하지 않느냐고. 둘이서 할 수 있는 가장 좋은 것을 하는 그것이 사랑이라고, 그것을 하지 않으면 사랑하지 않거나 적어도 덜 사랑하는 거라고……. 사랑은 정말 몸에 대한 요구인가. 상대가 느끼는 그 감정을 몸으로 표현하고 허용하는 그것이 사랑인가.

여자 나이 서른이 넘으면, 언제 골반을 내밀고 턱을 들어야 하는지, 알게 된다. 어떤 요리에, 소금을 넣어 간을 했는지 간장을 넣어 간을 했는지 저절로 알게 되는 것이다. 사람이란 몸이 크거나 작거나, 혹은 늙었거나 어리거나, 누구나 아이에 지나지 않는다는 것을 저절로 알게 되는 것과 같다. 그런 것은 나이 들어가는 여자에게 주어지는 일종의 반대급부가 아닐까.

열정은 즉흥적이고 무책임하고 비약적이어서 이유도, 약속도 필요로 하지 않는

다. 오직 파도가 일으키는 새하얀 거품 같은 감각의 낭비, 외로움의 낭비를 원할

뿐, 진실을 원하지는 않는다. 단지 무위와 외로움을 무마시키는 열정만으로도 충

분한 날들, 우리들의 관계 속에서는 그것만으로도 충분하지 않은가.

섹스란 어떤 의미에서든 일종의 전율이 아닐까. 불안이든 격정이든, 추억이든 혹은 슬픔이든, 놀람이든……. 두 몸이 얽혀 작은 배를 타고 검게 출렁이는 바다 멀리, 한없는 끝을 향해 나가도 두렵지 않고, 꿈인 줄 알고 꾸는 꿈처럼 두려움 없이 심연을 향해 솟구치는 그런 전율. 불구덩이에 빠져도 뜨겁지 않을 것 같고, 척추에 바늘을 꽂아도 고통을 모를 것 같은 육체의 일탈.

네 손이 닿을 때, 네 입김이 스칠 때, 네 이빨이 파고들 때……
그러나 나와 비슷하게 미지근한 허벅지, 마치 또 하나의 나의
손인 것 같은 너의 손, 붓털 같은 머리카락과 똑같은 음식 냄새
의 여운을 가진 축축한 입술. 아, 비닐 같이 미끄럽기만 한 너의
몸. 우리는 이런 순간에 서로 지독하게 사랑한다는 것을 더 간절히 깨닫고 피를
섞은 근친상간처럼 사랑하게 된다. 그러나 그 사랑만으로는 아무것도 할 수 없다.
서로에게 파고들기 위해 버둥거리지만 그것은 흡사 떨어져 나가려고 몸부림치는
필사적인 몸짓이기도 하다. 이미 네 속엔 내가 너무 많고, 내 속엔 네
가 너무 많다.

어떤 순간은 그것 자체가 곧바로 영원이 되는 때가 있다. 마치 유성이 우리 가슴에
떨어지는 순간처럼…….

내가 사랑해야 할 사람은 누구이고 사랑을 나누지 말아야 할 사람은 누구인가. 아무리 나를 원해도 나를 허락해서는 안 되는 타인과 허락해도 되는 타인은 누구인가. 나로 인해 정액 냄새나는 눈물을 흘리는 남자는 나와 얼마나 가까운 사람이고 또 얼마나 먼 사람인가.

사람의 몸무게는 바로 지구가 끌어당기는 중력의 무게라고 한다. 그렇다면 인연의 무게는 몇 킬로그램쯤일까. 연인간에 당기는 무게는, 엄마와 아이들 간의 무게는, 부부간의 무게는, 자매간의 무게는…….

맹수들의 교접에는 사랑의 무게가 얼마만큼 실릴까. 사자부터 보면 그들의 열정과 섹스의 함수관계가 흥미롭기 짝이 없다. 수사자는 마음에 드는 암사자를 데리고 밀월여행을 간다. 왜냐하면 퀸이 알면 질투심에 불타올라서 그 암사자를 해치기 때문이다. 그러니 몰래 길을 떠나는 것이다. 여행을 하는 동안 수사자는 계속 애무를 한다. 그리고 여행지에 도착하면 사랑을 하는데, 겨우 30초로 싱겁게 끝나버린다.

재규어는 배란기에 암컷과 수컷이 만나 보통 280회 정도를 한다. 물론 그만큼 수정과 착상을 하기가 어려운 것이다. 재규어 수컷은 사랑이 끝난 후에는 뒤로 펄쩍 뛰어올라 사정거리 밖으로 나간다. 재규어 성기의 돌기 때문에 흥분을 하기도 하지만 동시에 통증도 느끼기 때문에 암컷이 사나워질 수 있기 때문이다.

호랑이들은 의외로 짝짓기 상대를 고르는 데 있어서 까다롭다. 그리고 발정기의 수컷은 아주 사납다. 마음에 드는 암컷이 계속 거절을 하면. 암컷 역시 마음에 들지 않으면 절대로 하지 않으려고 하므로 호랑이들의 프러포즈는 위험하기 그지없다. 수컷은 계속 암컷 주위를 맴돌며 몇 차례 경고를 하다가 그래도 거절하면 그만 물어 죽여 버린다. 그래서 동물원에서는 호랑이가 짝짓기를 할 때 소방호스를 대기시킨다. 만에 하나, 수컷 호랑이를 견제하기 위해서.

사랑은 욕망의 순수한 증여이다. 사람들은 누구나 사랑을 갈망하지만 사랑은 소문처럼 그렇게 도처에 널린 것이 아니다. 누구에게나 내재되어 있으면서도 여전히 매우 예외적이고 특별한 이야기, 그것이 사랑이다.

강변에 찍힌 새의 발자국만큼이나 무수한 입맞춤들…… 타는 모래처럼 목마른 입맞춤, 유리조각을 채우는 듯 아픈 입맞춤, 피비린내가 나도록 오랜 입맞춤, 다른 곳에서 서로 그리워하는 나무가 있어 어느 날 만나 포개어진다면 이럴까. 가지 뻗은 곳과 가지 뻗은 곳이, 옹이 진 곳과 옹이 진 곳이, 그 나뭇잎 한잎 한잎과 잔가지 하나하나, 잔뿌리의 잔털 하나하나까지 내 몸과 꼭 같이 구부러지는 이 느낌. 내 몸이 내 몸의 꿈을 끌어안은 것 같은 완전한 겹침…… 세상에 이보다 더 간절하고 아픈 것이 또 있을까.

옷을 벗고 연인과 마주설 때면, 뭐라 말할 수 없는 상실감이 찾아온다. 혹시 밋밋한 남자의 가슴 때문이 아닌지. 그렇게 완벽하게 아름다운 몸에 가슴이 없다는 것이, 슬픈 것이다.

이 세계는 가슴이 없는 남자와 페니스가 없는 여자로 이루어져 있다. 우리의 결핍감은 운명적인 것이어서 근본적으로 치유불가능하다. 우린 완전한 것을 얻을 수 없다. 냉소와 퇴폐는 이 근본적인 불완전함에서 나온다.

어떤 페니스도, 말하자면 아무리 크고 대단한 페니스도 결국 여자의 손안에서 쓰러진다.

선원들의 필수품은 어떤 것들인지 간혹 궁금해진다. 그들의 피부는 늘 소금에 절어 있어서 손톱이 허옇고 두껍게 켜켜이 일어나고 겨울엔 피부가 갈기갈기 터진다고 한다. 그리고 바닷바람에 그을리고 추위와 더위에 다친 얼굴의 주름살은 함부로 난자한 칼자국처럼 거칠다. 그들은 뭍에 뿌리를 내리지 못해 결혼을 하기 어렵고, 결혼했다 해도 쉽게 배반을 당하여 어느 사이 혈연들과의 인연도 멀어져간다. 그들은 대부분 술을 많이 마시고, 속절없이 갑판 위에서 사고로 죽거나 쉰 살도 되기 전에 객지의 어느 항구에서 간이 굳어서 죽어간다. 그것이 내가 아는 선원의 일생 같은 것이다. 그래서일까. 고단하고 외로운 냄새가 때론 싫지 않고 유혹적으로 느껴진다. 그것은 깊은 곳의 살 냄새 같다.

세상에서 가장 관대한 것은 길이다. 그것은 공기와 같이 지불을 청구하지 않는다. 길은 강처럼 이것과 저것 사이에 나있고, 나는 가끔 길과 강을 혼동해 도심의 거리 한 가운데서도 소용돌이치는 물결에 떠내려가는 사람처럼 허우적거린다.

가끔 나 자신도 모르게 스피드에 빠질 때가 있다. 위험하다. 그러나 스피드 광들은 의도적으로 죽음과 맞대면하는 사람들이다. 삶과 죽음이 팽팽하게 조여드는 순간들의 지속 상태에서는 때때로 죽음 쪽으로 홀렁 카드를 던져버리고 싶어지기도 한다. 무엇엔가 그렇게 목숨을 걸고 살아볼 수 없는 허망함이 몰려들기 때문일 것이다. 자신의 실존으로 무엇인가와 겨루어보고 싶다는 허망함이 액셀러레이터를 계속 밟게 하는 것이다. 속도에다 존재를 던지는 것. 그건 목숨을 건 사랑보다 더 완전하다. 일종의 광기지만 그 속에 우리 생의 어떤 진실이 포함되어 있는 것 같다.

이토록 속도를 위반하며 아마조네스처럼 내달리는 것은 혼돈 속에서나마 나를 허용함으로써, 세상의 질서를 위반하려는 의지를 갖고 있기 때문일지도 모른다.

나는 나를 위반하려 하기 때문에 이 순간 빗자루를 탄 마녀처럼 자신만만한 것이다.

성적인 위반이란 어쩌면 우리 생의 어떤 성공보다도 거대한 자기 성취감을 동반할 수도 있다. 빗자루를 타고 하늘을 날거나, 우산을 들고 하늘로 올라가는 동화 속의 그림들은 아마도, 일탈된 성적 암시일지도 모른다.

거위의 흰 털이, 녹지 않는 눈처럼 웅덩이를 하얗게 덮고 있던 날이었다. 한 마리 거위가 웅덩이 바깥으로 발을 내딛고 나왔다. 겨울 물에 젖은 주황색 발……. 주위는 고요하기만 하였고, 거위의 젖은 주황색 발을 향해 칼날 같은 겨울바람이 지나갔다. 거위는 여전히 돌 사이에 붉은 발을 딛고 서있었다.

희다. 눈보다도 희다. 이렇게 추운 날 거위는 왜 물 속에 발을 담그고 있을까.

우린 누구에게나 거위의 발 같은 것이 있는 것 같다. 그리고 모두 자기만의 웅덩이가 있다. 피해갈 수도 있지만 어떤 사람들은 피해 가지 않는다. 그들은 차가운 웅덩이에 발을 담그고 고통과 힘을 겨룬다. 자신의 웅덩이를 피해간 사람은 모르겠지만, 그것과 겨루어본 사람은 안다. 자기 존재 속에 웅덩이보다 더 강한 거위의 발이 있다는 것을. 그런 사람에게는 아무도 모를 기쁨이 있다. 그들은 누가 뭐래도 진실로 살아본 사람들이니까. 나는 거위의 발을 잊지 않을 것이다. 그건 다가온 운명을 피하지 않고 겨루는 힘이다.

한 여자가 어느 날 갑자기 머리카락을 짧게 잘랐을 때 사람들은 분명한 이유가 있을 것이라고 기대한다. 여자가 머리를 자를 때 그것은 자신이라는 존재의 총체를 극복하려 하는 욕망의 표현일 수 있다. 요컨대 한 시절의 자아를 훌쩍 넘어서려는 의지인 것이다. 자신을 넘어서지 않고서는 사랑에 이를 수 없다.

사 개월.
사람 사이의 긴장이
지속되는 기간은
대략 그 정도다.

사랑은 언제나 사랑 자체로 존재한다. 그리하여 생에 시비를 걸고, 삶을 위협한다. 특히 여자들은 사랑을 가지고 한몫 보려고 하기도 한다. 사랑한다면서 왜 저렇게 하지 않죠? 사랑한다면 이렇게 해줘요. 이런 걸 사줘요. 왜 전화하지 않았죠? 내가 보고 싶지 않았나요? 난 당신 여자예요. 이제 어쩔 거죠? 함께 살고 싶어요, 라고 말하면서…….

사랑한 것은 아니었다는 말의 이별. 그것은 그냥 안녕, 이라고 말하는 것에 비해 얼마나 잔인한가…….

때론 잊으라는 말이 어떤 말보다 더 잔인하고 무의미할 수도 있다. 잊고, 아무 일

없는 듯이 돌아가서 다시 사는 일이, 흡사 스스로 목숨을 끊는 일과 같을 수도 있

다. 살아도 죽은 것과 같은 삶. 어떻게 잊으라는 말을 그토록 쉽게 할 수 있을까.

지금 나를 우습게 보는 거야?

대부분의 시비는 이런 비약으로부터 시작된다. 이별도 마찬가지다.

남자들의 뒤통수는 인체 중에서 가장 진화가 덜 된 부분 같다. 여전히 동물적이며 익명적이고 집단적인, 분별을 모르는 단순하고 위험한 힘이 거기에서 느껴진다. 아침에 함부로 날아올랐다가 장롱 모서리에 배를 처박고 죽은 풍뎅이의 분별없는 붕붕거림처럼…….

복어는 위험에 처하면 실제보다 크게 보이려고 공기와 물을 들이마셔 배를 점점 부풀린다고 한다. 그래서 몸의 두 배로까지 부풀어오른다. 어쩌면 용기의 실체란 바로 그것이 아닐까. 복어의 배.

삶의 주변에는 늘 독이 널려 있다. 그 독의 치사량은 사람마다 다르다. 독을 이기지 못하면 잠이 쏟아진다. 잠. 그 잠에서 깨어나지 못하면 죽는 것이다.

복어는 내장과 알, 피 속에 치명적인 독을 품고 있다. 그 알을 먹으면 거의 즉사하게 된다. 그래서 내장과 알과 피를 제거하고도 하루 정도 소금물에 담가둔다. 그리고 흐르는 물에 십 분 이상 행군다. 복어의 살에도 독기가 배어 있기 때문이다.

복 요리의 맛은 바로 어느 정도의 독이 주는 각별한 얼얼함과 담백함이다. 알코올 해독에는 최고라고 한다. 독은 독으로 푸는 것이다. 다이아몬드를 다이아몬드로 자르듯이. 사랑은 사랑으로 이겨낼 수 있고, 미움은 미움으로 이겨내는 것이다.

꽃들은 모두 어디로 갔나, 소녀들이 꺾어 갔지. 세월이 지나 소녀들은 모두 어디로 갔나, 청년들에게로 갔지. 세월이 흘러 청년들은 모두 어디로 갔나, 전쟁터에 가서 죽었지. 그리고 모두 꽃이 되었지.

독일 민요의 노랫말이다. 좀체 잊혀지지 않는다.

미친풀, 쥐오줌풀, 애기똥풀, 다닥냉이, 각시원추리, 며느리밑씻개, 질경이, 기린초, 개구리자리, 나비나물, 두루미꽃, 노루삼, 개미탑, 괭이눈, 개족도리, 뻐꾹나리, 벼룩나물, 만주바람꽃, 구름체꽃……

천지간에 나와 앉아 이토록 척박하고 가난한 이름들을 갖게 된 들꽃들은…… 도대체 얼마나 혹독한 사랑을 치렀기에 기꺼이 감수하고 지내는 것일까. 나는 또 어떤 이름의 들꽃이 되려고 이렇게도 뒤채이는 것일까.

담배를 피우면 남자와 함께 있는 듯한 기분이 된다. 아마도 많은 여자들이, 실연한 뒤 남자가 더 이상 곁에 있지 않을 때, 우연히 눈에 띈 담배를 처음으로 피우게 되지 않을까. 그것은 그리움에 대한 저항이기도 하고 혹은 자위행위이기도 하다.

거리를 무작정 걷는 것도 마찬가지다. 거리에는 어디에나 있지만 절대로 알게 될 리가 없는, 절대로 기억할 수가 없는 사람들이 빠르게 다가오고 스쳐간다. 더러는 눈이 마주치고 서로 닮은 어떤 점 때문에 조금씩 놀라기도 하면서. 그런 사람들 속을 걸으면서 이상한 위안을 받곤 한다.

먼 여행지에서는 늘 내 부엌과 방, 나만이 사용하는 커피잔과 냄비, 잘 드는 부엌칼과 발닦개, 나만의 거울과 내 창가의 풍경이 사무치게 그립다. 그러나 돌아와 그들을 만나면 그것들이 나를 붙들어주기에는 너무나 보잘것없다.

달팽이는 소라 껍데기 같은 것을 끌고 천천히 움직인다.

그는 바다에서 왔다고 말한다.

바닷가의 집을 끌고 그렇게 먼 곳에서 왔다고.

애초에 용서할 수 없는 남자와 섹스를 해서는 안 되는 것이다.

잘못된 섹스란 의외로 영혼의 그림자를 잠식하는 법이다. 아무리 의미를 두려 해도, 육체적 패배를 이겨낼 수는 없다. 그것이 만회할 기회가 없는 단말마적인 패배일 때는 더더욱. 그런 종류의 육체적 패배는 정신의 허위를 적나라하게 고발하는 것이다.

새벽 국도에서는 밤사이 생을 횡단하다 비명횡사한 고양이들의 주검을 많이 볼 수 있다. 어쩌면 이렇게도 많은 고양이들이 밤사이 길을 건너려 했을까……. 고양이들의 주검은 아주 작은 스웨터처럼 길 한가운데에 내던져져 있다. 한 마리, 두 마리, 세 마리. 비명횡사를 각오했던 고양이들의 횡단이 눈물겹다.

추락에는 언제나 깊은 감동이 존재한다. 자기를 구원하려 하지 않는 사람들, 지친 피부에 절망의 검버섯이 피어난 사람들, 두 눈 속에 자신의 끝이 새겨져버린 사람들……. 가장 순결한 사람만이 생에 대해 저항하며 공격하고, 그리고 산산이 파멸한다. 우리는 그들을 통해 생의 맨얼굴과 정면으로 마주친다. 생이 품고 있는 지뢰와 거울 뒤의 악의와 밤과 낮의 서로 다른 사랑을 알아내는 것이다.

대부분의 여자들은 자기가 사랑하는 남자와 결혼하지 않는다. 자신을 사랑하는 남자에게 선택되고 선택된 전제하에서 동의한다. 남자들은 자신만의 아이를 낳는 한 여자에게 돈을 내고 배타적 섹스를 하고 여자는 한 남자에게서 돈을 받고 그 남자의 아이만을 합법적으로 낳는 배타적 섹스를 하는 그게 일부일처제다. 그 거래가 성립되지 않으면 부부관계도 폭력이 되는 것이다. 배타적 관계도 무너진다.

예전의 남자들은 사랑하는 여자를 위해 전부를 바치겠다고 떠들기도 했지만, 요즘은 사기꾼이나 바보가 아니면 아무도 그런 식으로 사랑하지 않는다. 예전 남자들이 그렇게 큰소리 칠 수 있었던 것도 가부장제라는 백을 믿고 있었기 때문이다. 여자에게 다 준다 해도 사실 남자에겐 너무나 많은 것이 남게 되는 구조였기 때문이다. 예를 들어 이 집을 너에게 다 바치겠어라고 말했다 해도 실제로 여자에게 주어지는 건 솥과 그릇 나부랭이와 쌀 몇 됫박 같은 부엌살림 정도일 뿐, 집 자체는 아니었다.

가부장적 체제가 무너진 오늘날은 남자들도 여자를 갖는 일을 두려워한다. 여자들이 그렇게 느끼듯, 남자들 역시 누군가를 사랑하는 일은 짐승의 아가리에 머리를 밀어 넣는 일처럼 위험하다 느끼는 것이다. 그것은 자아의 죽음이다. 삶 자체가 가혹한 상실이지만, 사랑이라는 광기는 그런 가혹한 상실을 가속화한다.

브라질에는 최근까지도 '남성결혼 무효권' 이라는 법이 있었다. 신부가 처녀가 아니면 남자가 결혼을 물릴 수 있다는 것이다. 이상하지 않은가. 자신의 몸에 타인이 열어주어야 하는, 타인의 권리인 봉인된 곳이 있다는 것. 어떤 여자는 좁다랗고 긴 도구로 스스로 그 봉인을 열기도 한다지만, 그런 도전적인 의식은 최근에야 생겨난 것이다. 처녀성이란 여성에겐 일종의 신화와 같은 것이다. 소문처럼 떠돌다가 불현듯 현재성을 획득하여 여자들의 삶을 예기치 않은 방향으로, 폭력적으로 편집하는 것이다. 우리의 무의식 속엔 그런 공포가 존재한다.

인류 최후의 진화는 모두가 나르시스가 되는 것일 것이다. 타인이 지옥인 이유는 자기도취를 방해하고 훼손하기 때문이다. 타인을 예의바르게 자신의 바깥에만 존재하게 하는 체제야말로 완벽한 평화와 아름다움을 가져다준다. 누구도 자신의 내부로 틈입할 수 없는 자족적인 삶의 시스템이 그때 구축되는 것이다. 그런 인간끼리의 교류야말로 진정 사치스러운 것이다.

105

대부분의 남자와 여자는, 평생 하나의 대본의 틀 속에서 갇혀 살아간다. 같은 대사, 같은 동선, 같은 감정을 연기하면서……. 이것이야말로 정말 끔찍한 감금이 아니고 무엇이겠는가.

어딘가에 갇혀서 이십 년이 지나도 세상을 알아볼 수 있을까……. 열두 살 땐 그게 궁금했었다. 이제 난 알아볼 수 있다고 생각한다. 왜냐하면 세상은 변하는 것보다 변하지 않는 게 더 많기 때문이다.

아주 많은 여자들이 이런 공포를 갖고 있다. 결국 끝까지 사랑에 빠져보지도 못하고 결혼하게 되는 것은 아닐까. 그건 아마 결혼 적령기 여자들이 공통적으로 갖는 공포일 것이다. 어쨌든 결혼은 누군가 사랑하는 사람과 해야 하는 것이다. 결혼을 하지 않는다면 모르겠지만 말이다. 그래서 가까이 있는 남자 중 누군가와 어지간하면 사랑에 빠지려고 갖은 노력을 하는 것이다. 그래서 남 못지않게 결혼도 한다.

하긴 연애도 가지가진데 결혼하려는 연애가 왜 없겠는가. 결혼을 하고 싶어서 하는 연애, 결혼은 했지만 공허하고 지루해서 하는 연애, 아슬아슬한 스릴을 즐기기 위한 연애, 아픈 만큼 성숙해지고 싶어서 하는 고통지향형 연애, 영혼의 허기를 메우기 위해 하는 정신적 연애, 생리적 허기를 메우기 위해 하는 육체적 연애, 스무 살들의 호기심으로 하는 풋연애, 돈을 주고 하는 연애, 돈을 받고 하는 연애, 단지 연애적 라이프 스타일을 즐기기 위해 하는 연애, 여성적 혹은 남성적 자존심과 아이덴티티를 확인하기 위해 하는 연애, 운명적인 필이 걸려서 하는 연애, 그냥 심심해서 하는 연애, 노년기의 활력을 얻기 위해 하는 로맨스 그레이들의 연애, 노추에도 다하지 못한 성욕 때문에 걸게 되는 박카스 연애……

의학의 발달로 목숨이 몇 개나 더 생겼고, 교통수단의 발달로 공간적 거리도 기적적으로 단축되었고 생활의 편리함으로 저마다 생애의 양은 엄청나게 확보되었는데, 여전히 검은 머리 파뿌리가 되도록 살아야 하는 결혼이라는 제도는 생각할수록 비논리적이다. 말하자면 정오에 목적지에 도착해서 날이 다 저물도록 공항 로비의 의자에 묶여 시간을 보내는 거나 마찬가지인 것이다.

그러니 이제 결혼에도 세부적인 매뉴얼이 필요하다. 5년을 사는 결혼, 10년 사는 결혼, 15년 사는 결혼, 혹은 아이를 낳는 결혼과 낳지 않는 결혼, 물론 재산 정리에 대한 논의도 미리 이루어져야 한다. 결혼의 세부 디테일과 지향도 매뉴얼마다 달라지게 된다. 여행을 함께 하는 결혼, 맛있는 것을 함께 만들어 먹는 결혼, 운동을 함께 하는 결혼, 컴퓨터 게임이나 등산이나 낚시를 함께 하는 결혼, 춤을 함께 추러 다니는 결혼, 봉사를 하러 다니는 결혼, 아이를 입양해 키워보는 결혼……

결혼에 관한 근원적인 신화는 바로 견우와 직녀 이야기다. 그들의 눈앞엔 사랑보다 더 급하게 꺼야 할 결혼한 사람의 의무들이 가로놓인다. 견우는 소를 부리고, 직녀는 베틀을 짜야 한다. 아이를 낳아야 하고, 생계에 대한 책임을 져야 하는 것이다. 육아와 효도, 아이들의 교육, 사회적인 교류, 그러면서도 언제나 가족에게 속해 있어야 하는 구속성…… 결혼한 사람들에겐 수많은 의무가 막중하게 부과된다. 문화를 보존 계승하고, 종족을 번식시키고 다음 세대를 교육시키고 저축을 해야 하는 강요들. 그걸 하지 않을 수는 없다. 그걸 이행하지 않으면 바로 결혼의 파멸이 오니까 선택의 여지가 없는 것이다. 그러니 결혼이야말로 이루어질 수 없는 사랑 아닌가.

ThirtyThree Nabi

서른세 살,
물 고 기 한 마 리 가 바 늘 을 물 때

여자나 남자, 혹은 아이나 노인, 섹스의 긴장이 없는 상대와 오후 내내 커다란 침대에서 뒹굴었으면 좋겠다. 옷을 입은 채로 서로의 목에 얼굴을 파묻고 몇 번이고 깨었다가 몇 번이고 다시 잠들었으면 좋겠다. 절대로 흥분하지 않고, 편안하게……. 따뜻한 우유 몇 컵과 겨자와 감자와 피망을 많이 넣은 샐러드 한 접시와 토스트와 초콜릿 세 조각만 먹어도 충분할 것이다.

변하지 않고는 왜 살 수가 없는 것일까. 왜 자기를 포기하라고 강요하는 걸까. 난

나 이외의 아무것도 되고 싶지 않다. 그저 나인 채로 끝까지 가보고 싶다.

나는 나만의 방이 필요하다.

지금, 내가 원하는 방의 조건은 단 한 가지뿐이다.

이 곳이 아닌 다른 장소에 있을 것.

방이란 무엇인가. 몸 속에 11만 2천 킬로미터의 혈관이 흐르는 것처럼, 방이란 어쩌면 궤도를 운행하는 한 영혼의 수많은 생애의 피로와 상처와 허무와 꿈과 추억과 미래가 흐르는 보도가 연결된 정거장 같은 곳이 아닐까. 그러니 우리가 자기의 방에서 확인하려 하는 것은 무엇과도 연루되지 않은 존재의 진정한 현재일 것이다.

난 아마 앞으로도 오랫동안 방을 찾아 떠돌 것이다. 가능한 집의 구조를 가지지 않은 곳들을 찾아. 언제까지 떠돌 수 있을까, 내가 나를 마주치지 않고 하루하루를 보내려는 것처럼 허무한 음모. 집에 돌아가지 않고 계속해서 모르는 곳으로만 떠나갈 수 있을까…….

말레이시아의 밀림 깊숙한 곳에 '세노이' 라는 꿈의 부족이 살고 있었다고 한다. 세노이 부족은 매일 아침 불가에 둘러앉아 간밤에 꾼 꿈들을 이야기하고, 꿈속에서 진 빚을 서로 갚고 해결하지 못한 문제들을 생시에서 해결했으며 아이들에게 꿈을 완성시키는 법을 가르쳤다. 예를 들어 호랑이를 만나 도망쳤으면 다음날 밤엔 꼭 호랑이를 만나 죽이고 돌아오도록 시키는 것이다. 꿈을 통한 교육은 현실 교육보다 더 중요한 교육의 중심이 되었다. 세노이 부족은 꿈에서 성관계를 가졌으면 반드시 오르가슴에 이르도록 해야 하고 현실에서 그 꿈속의 연인을 찾아내어 선물을 했다. 그들이 가장 갈망한 꿈은 하늘을 나는 꿈이었다.

세노이 부족은 꿈의 항공술을 열렬히 훈련할 것이다. 모든 것이 그렇듯 훈련을 통해 꿈도 성취할 수 있다. 팔을 벌려 활공하다가 급강하고 다시 선회하면서 상승한다. 꿈을 길들이기만 하면, 모든 것이 가능하다. 아무도 귀찮게 하지 않을 것이다. 나의 꿈속이니까, 나는 전지전능을 경험할 것이다. 연애의 기회가 생기면 놓치지 않을 것이다. 섹스를 하게 되면 꼭 적멸의 숲을 지나 오르가슴까지 이를 것이다……

매번 그럴 수는 없지만, 인생의 어느 한때쯤은 자신의 질문에 온몸을 다 열어 스스로 대답해야 한다고 생각한다. 삼십대는 내내 질문과 대답의 소용돌이 속에 있다. 앙드레 지드처럼 내가 질문하고 욕망하는 그 모든 것에 대해 나의 권리가 있다고 믿기에 서슴지 않는다. 심지어 내 욕망이 법을 초월하는 불륜이라 해도…….

퇴폐는 무엇을 의미하는가. 퇴폐는 그 모든 것 이후를 뜻한다.
어떤 이유로든, 의지가 깨끗하게 사라진 경지. 의지가 없는 삶,
관능적이지 않은가.

결혼은 여자를 부수는 대신 새로워질 기회를 준다. 그래서 결혼을 하고 아이를 낳은 여자들은 자신을 더 이상 방어하지 않는다. 차라리 어느 순간이 오면 내팽개쳐버린다. 가장 깊은 곳까지 내려가 보았으니까. 최상급의 부르주아지라 해도 마찬가지다. 왕궁의 왕비라 해도 마찬가지인 것이다. 순수한 것, 지켜야 할 것, 소유할 수 있는 것, 그런 건 더 이상 아무것도 없다. 이 세상은 경험하며 동시에 사라져가는 그게 자신의 전부다. 움츠리고 있으면 생은 구름 사이를 잠행하는 달처럼 재빨리 지나가 버리고 만다.

현대의 가정은 전형성을 잃었다. 그렇다고 새로운 합의가 생긴 것도 아니다. 모두 다른 결혼들이 저마다 떠돌고 있다. 그래서 끊임없이 질문이 나오는 것이다. 여자들은 시장바닥에서라도 먹고 살 길만 있다 싶으면 뛰쳐나가고, 남자들은 아침에 나갔다가 도무지 돌아올 줄을 모른다. 결혼과 가족제도는 원형적인 결함을 갖고 있으므로 아무리 질문해본들 방법이 나오지 않는다. 하긴, 좋은 사람들끼리 하는 좋은 결혼이 없지는 않겠지만.

거리를 너무 오래 내려다보고 있으면 이런 착각을 하게 된다. 도시 전체가 실체가

아니라 모형처럼 느껴지고, 삶도 추상적으로 느껴진다. 사람도 그렇다. 삶 속에 얽

혀 있는 정교한 인과관계나 운명 같은 것이 한갓 기계 뒤편에 숨겨진 전자기판의

회로처럼 얄팍하게 느껴지고 의미가 증류되어 버리는 느낌이 든다.

시간을 낭비하는 일이
이렇게 행복한 것이라는 걸
전에는 몰랐다.

쪼그리고 앉아 화장을 하고 있으면, 마치 내일은 또 다른 곳으로 흘러

갈 여자처럼 어쩐지 퇴폐적이고 정처없는 기분이 된다.

나무들이 모두 나를 바라보고 있다. 원래부터 그렇게 보아온 것처럼. 어찌나 태연하게 바라보는지 놀랄 수도 없다. 안개의 눈빛과 하늘의 눈빛과 꽃들과 호수의 눈빛도……. 그리고 어디로도 갈 수 없이 발이 묶인, 지루하게만 보이던 나무들이 그 축축한 새벽안개 속에서 실은 혼교의 꿈과 같은 관능적 황홀에 빠져 있는 것이 보인다. 땅에 둥치를 깊게 박은 나무들, 그 둥치에 줄기를 삽입하고 서로 휘감고 선 나무들, 줄기에 가지들을 삽입한 나무들, 가지에 또 가지를 삽입한 나무들의 황홀한 체위……. 나무들은 다른 나무와 결코 떨어져 있지 않다. 가까이서 서로 사랑하는 나무들은 땅속을 파고들어 서로의 혀를 당기듯, 또 얼마나 깊숙이 뿌리를 당기며 수액을 섞고 있을까.

부도덕이란 무엇일까. 그것이 무엇이든 드러난 것 이외에는 아무것도 없는 인생 따윈 굳이 살고 싶지도 않다. 생이란 아무리 가난하다 해도 자물쇠가 채워진 비밀스러운 서랍 하나쯤은 가질 수 있는 것이어야 하지 않을까.

누구에게도 감시받거나 검토당하지 않는 인생. 무엇을 할 것인가는 중요하지 않다. 그렇게 사는 것이 중요할 뿐, 그곳은 다만 내 생의 중립국이며 완충지대인 것이다.

사람들은 옷을 입은 채로는 바닷물에 빠지지 않는 것이 인생이라고 생각하지만, 옷을 입은 채 바닷물에 빠지는 것도 인생이다. 마음속에 금기를 갖지 말아야 한다. 생은 그렇게 인색한 게 아니니까. 옷을 말리는 것 따윈 간단하다. 햇볕과 바람 속에 가만히 앉아 있으면 되는 것이다. 살갗이 간고등어처럼 좀 짜지기는 하겠지만 말이다.

사랑을 하려면 담 안에 갇히는 결혼이 아니라 담장 바깥의 찬 바람 속에서 연애를 해야 한다. 사랑이란 누군가와 잘 지낸다는 것과는 다르다. 엄밀히 말하면 사랑이란, 어떤 사랑도 심연 속에 자아를 내던지는 행위이고 동시에 이 사회의 윤리와 규칙, 체제와 통념, 그 전체와 맞서 겨루는 열정이고, 일상에 저항하는 힘인 것 같다. 모든 사람이 다 사랑할 수 있는 건 아니다. 정상적이라고 할 수 있는 대부분의 사람은 절대로 누군가를 사랑할 수 없다.

예술이 되는 섹스와 외설이 되는 섹스의 차이는 무엇인가.

가슴이 빈약하고 머리가 짧고 화장도 하지 않고 단순한 속옷을 입은 여자가 하면

예술이고 가슴이 크고 머리가 길고 화장도 하고 튀는 속옷을 입은 여자가 하면 외

설이 된다. 거의 그렇다. 그럼 우리나라 아줌마들은 다 예술을 하는 것일까.

글쎄, 그건 그냥 가사 일이 아닌가.

남자들이 원하는 것은 무엇인가. 그들은 현실성의 독을 닦고 싶어 한다. 끈끈한 권태와 불감증과 절망적인 무료함과 생의 공백을 소독하고 싶어 한다. 그래서 극복할 수 없는 삶에 대한 일탈을 시도하곤 한다. 자신의 현실성에 맞먹는 비현실적인 사건을 도모하는 것. 낯선 여자와 색다른 섹스를 하는 것.

아마도 가장 처음 주부가 되었던 여자는 잡혀 온 포로였을 것이다. 포로가 포로를 낳고 포로가 포로를 낳아온 것이다.

모든 남자들은 상실한 나라를 가진 고독한 존재들이다.

알렉산더대왕, 칭기즈칸, 진시황제, 나폴레옹, 심지어 히틀러도 바로 그 나라에 가고 싶었던 것인지도 모른다. 남자들에겐 세계를 다 정복한다 해도 결코 갈 수 없는 나라가 있다.

괜찮아요?라는 말. 무수한 발을 가진 기나긴 슬픔이 우리들의 부정한 궤적 위로 지나간다. 이상하리만치 가볍고 나른하고 비현실적으로. 그렇게도 불행한 가. 괜찮아요, 라는 말 한마디가 그토록 따뜻할 만큼.

감정이란 때로는 이상한 것이다. 약속할 수도 없고 기대할 수도 없기 때문일까. 연인에게 느끼는 열정이란 그것으로 충분할 뿐 나의 생과는 아무런 상관도 없다는 것을, 밤이 지나고 아침이 되면 분명하게 알게 된다. 그의 생과는 더욱이 무관해져야 한다는 것을.

그렇게 헤어지면 우리 사이에 일어난 한때의 얽힘은 이 세상 아무도 모를 것이다. 먼 강변에 아무도 모르게 죽은 새 한 마리가 마르고 해지고 녹아 마침내 모래 속으로 스며들어버리듯이, 덧없이 영원 속으로 익사하는 것이다.

누구에게나 결코 혼자서는 해결할 수 없는 허기가 존재한다. 사람과 사람 사이에 존재하는 섬 같은, 타인의 피부와 체온과 손길과 눈빛, 점막의 다정함이 절실히 필요할 때가 있다. 음모를 면도기로 밀거나, 질 속에 옥수수를 넣거나, 젖가슴을 줄로 묶어 매달거나 클리토리스에 붉은 물감을 칠하거나 항문에 마약을 비벼 넣거나 하는 특별한 취향을 가진 남자가 아니기를 바랄 뿐……. 당신이 무엇을 원하느냐고 물으면 난 망설이지 않고 대답할 것이다. 당신의 눈을 스카프로 묶고 싶다고. 무엇을 좋아하냐고 물으면 망설이지 않고 대답할 것이다. 난 69 자세를 좋아한다고. 결핍이 없는 완전한 자웅동체의 자세. 3박 4일쯤 점막의 세계로, 미생물의 세계로, 2억만 년 전 원초의 세계로 투항하는 것 말이다.

지루하구나, 정말로.
참을 수 없이 지루하구나…….

물고기 한 마리가 바늘을 물 때 우주는 함께 진동한다. 사람의 감각은 각자의 뇌가

통제하지만, 식물이나 물고기 같은 것은 우주의 한가운데 통제 센터가 있다는 설

도 있다.

조용한 한낮에 아파트에서, 칸칸이 벽만 나누어진 닭장 같은 다른 집들을 바라보면, 그 어떤 기이한 이야기를 들었을 때보다도 더 어처구니없는 기분에 사로잡히게 된다. 칸칸마다 한 명씩 성숙한 여자들이 들어 있고, 남자를 위해 밥을 하고, 청소를 하고, 밤에 남자가 들어오면 섹스에 응해주고, 남자의 집에 제사를 지내러 가고…… 그리고 하나씩 둘씩 아이를 낳고 남자는 처자식 때문에 죽지도 못해 하면서 툴툴거리고, 그 닭장 안에서 멀쩡한 여자 하나가 혼자 아이를 키우느라 오 년씩 십 년씩 매달리고…… 그리고 어느 날 새벽에 깨어나 보면 발이 뻣뻣하게 굳어 영영 걸어 나갈 수 없는 자신을 발견하게 되는 것이다.

진정 견딜 수 없게 하는 문제는 그 칸칸들이 너무 환하다는 것이다. 유곽의 쇼윈도에 진열된 여자들의 행복한 표정을 떠오르게 하는 그런 기묘한 밝음.

영어의 패밀리의 어원은 가내 노예라는 뜻이다. 아내, 자식 같은 혈연관계를 말하는 게 아니라, 논, 밭, 집, 가축, 노예 같은 한 남자에게 속한 생산 도구이다. 요즘은 사랑과 낭만 때문에 결혼하지만, 사실 가정의 기원은 경제단위이고 노동이 수행되는 장소이다. 그리고 그 공간에서 여자와 자식도 말 그대로 노예이고 생산 도구였던 것이다. 스위트 홈이니, 모성이니, 휴식처니 하는 말은 전부 남자의 시각에서 요구한 말일 뿐이다.

하루하루, 언제나 날씨가 다른 현실의 삼백예순다섯 날을 위안하기 위해서일까.

배들을 뒤집는 험한 태풍과 집들을 쓸어가는 거친 폭우, 논밭을 붉게 태우는 모진

가뭄과 강을 얼게 하는 추위와 잠을 이룰 수 없는 더위를 준비하고 있는 기상학

에서는 다난한 일 년 속에, 14일의 피안을 넣어놓았다. 춘분과 추

분의 삼 일 전후가 그때이다. 봄 피안과 가을 피안.

사랑이 삶의 예외가 되는 때도 그저 시작의 한 시기일 뿐이다. 어떤 사랑도 결국

일상의 틈 속에 스며들고 생활이 될 테니까. 그때엔 더 많은 일을 감당할 능력이

저절로 생기지 않을까.

길고 지루했던 임신기란, 내 생의 예외적이고 일탈적인 시간이었다. 그러나 동시에 내 몸에 한 생명을 완전히 허용한 성스러운 시간이었으며, 그런 만큼 내 생의 가장 순수한 시대라고도 할 수 있었다.

장미꽃잎을 엄지와 중지 사이에 끼워보면 세상에서 가장 아름다운 촉감이 무언지 알게 된다.

첫사랑을 우연하게 만나는 일에 대해 사람들은 자주 상상할 것이다. 이를테면 약속 장소에 시간보다 먼저 도착해 앉아 있을 때 문득 첫사랑이 문을 열고 나타나기를 소망하게 된다. 혹은 저녁 무렵에 낮 동안 입은 옷을 벗고 잠시 창가에 섰을 때, 그 짧은 동안 창문 앞에 불현듯 첫사랑이 나타나는 장면을 상상한다. 그리고 장거리로 가는 기차나 버스에 오를 때도 어느 자리인가 첫사랑이 앉아 있을 것만 같은, 그런 예감과 같은 상상을 한다. 그러나 정작 서점의 카운터 앞에서 그와 딱 마주섰을 때, 그런 일이 일상 속에서 태연히 일어났다는 것에 적응하기는 쉽지 않다.

당신의 등이 너무 아름다워요.

여자는 지금 이런 말을 듣고 싶어 한다.

여자의 몸은 남자와 달리 일어난 모든 일을 생생하게 기록한
다. 그리고 그건 오직 나만의 것이다. 다른 사람에게 읽히고 싶
지 않은……

실제로 경험하기 전에는 절대로 상상할 수 없는 종류의 일이 있다. 남편이 아닌 남자와 육체관계를 가진다는 것. 그 일이 어떻게 시작될 것이며, 어떻게 옷을 벗고 어떻게 전개되고 그리고 마지막에 휴지는 어떻게 처리될 것인가까지……. 그러나 생은 그 모든 것을 태연하게 꿀꺽 삼킨다. 혼돈과 불안과 죄책감과 두려움과 흔적과 그토록 선명하고 충격적이던 생경한 육체의 감각까지도. 나는 나 자신에게가 아니라 오히려 생의 태연함에, 육체의 포용력에 조용히 경악한다.

섹스를 지배하는 것은
냄새이다.

키스를 하면 비장이 흥분하여 더 깊은 그리움이 생기고 두 몸이 서로 안으면 폐가 흥분하여 온몸이 깨어나고 간장이 흥분하면 신경이 짜릿하여 감미로워지고 심장이 흥분하면 피가 뜨거워져 열정으로 타오르게 되고 피가 뜨거워지면 뇌신경이 수축되고 소장이 흥분하면 빨고 싶고 콩팥이 흥분하면 뇌를 자극해 여자의 질에 호르몬을 분비시키고 질이 젖으면 남자를 깊숙이 뿌리 끝까지 빨아들이며…… 그리고, 극단적으로 수축된 뇌신경이 더 이상 긴장을 유지할 수 없는 순간에 이르면서 돌발적으로 이완되는 현상이 오르가슴이다.

앞으로는 섹스가 그렇듯이 죽음이 상업적으로 이용될 것이다. 시한부 환자의 죽음을 도와주는 사업이라든가, 자살을 돕는 사업, 안락사 프로그램, 혹은 사후 여행 프로그램 같은 것들…….

내가 신이라면 이런 세상을 한번 만들어 보고 싶다. 세상의 청소하는 여자들이 다 당당하고 예쁘게. 부잣집 부인들이나 딸들은 다 못생겼고 자신감도 없고, 청소하는 아줌마나 공장 다니는 처녀나 가난한 시골 아줌마들은 다 너무나 아름답고 자긍심이 넘치는 것이다. 말하자면 가난하고 괴로워해야 고상하고 아름다워지는 것이다. 그러면 여자들이 서로 가난해지려고 하지 않을까. 다들 청소하고 공장에 다니고 시골에서 농사지으려고 하지 않을까. 여자에게 돈을 주면 열등감에 빠지고 미워지니까, 남자들도 여자에게 돈을 벌어다주지 않고 여자들도 돈을 받으면 미워질까 봐 돈 많은 남자들을 싫어하게 되고…… 그러면 얼마나 재미있을까.

돈 없는 남자들이 큰소리 뻥뻥 치면서 절세미인들을 끼고 거리를 활보하는 모습을 상상해보라. 얼마나 세상이 재미있겠는가.

평균율은 무엇인가. 끊임없이 삼투하는 갈등의 떨림을 제압하며 허공 위의 한 금을 치밀하게 밟아가는 압도적 단순성…… 누군가는 그것을 갈등율이라고 말한다.

산다는 건 믿을 수 없는 것이다. 어느 날 막다른 길에 접어들면, 모골이 송연해지지만 그러나 돌아나갈 수는 없다는 것을 알게 된다. 그들은 자신의 생이 어디서 잘못 접히기 시작했는지, 왜 걸을수록 삶의 저편은 활짝 펴진 부채의 다른 끝처럼 멀어지고만 있는지 어리둥절해 한다. 그리고 뭔가 결정적으로 잘못되었다는 것을 알게 된 때는 언제나 이미 늦은 것이다. 알게 되어도 어찌할 수가 없을 때쯤에야 알게 되는 것이다. 알면서도 막다른 길 위를 서커스하듯 우울하게 산보해야 한다. 그 막다른 길들은 관대한 척하면서 몇 번쯤은 우리를 용서해 준다. 몇 번쯤은 풀어준 뒤에 마지막 골목길에서 기다리고 서 있다가 무거운 망치로 쾅 내리친다. 너무 관대해서 때론 위암처럼 전혀 증상이 없을 수도 있다.

몸속의 진실을 다 보고도
우린 사랑할 수 있어야 한다.
우린 늙어서도,
아주 늙어서 참혹해진 뒤에도
사랑을 나누어야 한다.

사라진다는 것은 잊혀진다는 것과는 다르다. 세월이 흐르면 집이 홀쩍 사라지기도 하는 것이다. 그러나 그렇다고 가슴 속의 방이 비워지는 것은 아니다. 가슴 속에 있는 환히 불 켜진 방…….

이 세상 가장 깊숙한 방에 숨어 있던 찬란한 천 조각 하나가 어른어른 빛나며 다가온다. 우리가 한 걸음씩 다가갈 때 생의 저편에서 똑같은 걸음으로 곡진하게 달려오는 복병이 있다. 낯선 얼굴을 흔들며 다가오는 복병은 타인이 아니다. 내 안에 깊숙이 숨겨놓았던 나의 찬란한 천 조각이다.

Forty Nabi

마흔 즈음,
변신에 성공한 나비는 더 이상 풀잎을 먹지 않는다

전에는 예외적인 특별한 경험만이 사람을 변하게 한다고 생각했지만 지금은 모든 하루하루가 사람을 변하게 만든다고 생각된다. 그것은 어쩌면 가장 평범한 하루하루일 것이다.

더 젊어지기 위해 안간힘을 쓸 때 사람들은 묻는다. 더 젊어져서 무엇을 하려느냐고. 글쎄, 좀더 젊은 패션을 따를 수 있고 더 젊은 생각을 하고 더 젊은 문화를 누리고 더 먼 곳으로 여행을 하고 단념했던 무언가를 새삼 시작할 수도 있을 것이다. 사랑도 한 번쯤 더 할 수 있지 않을까. 말하자면 더 젊은 삶을 살 수 있는 것이다. 그러니 늙어가는 여자에겐 젊어지는 것 자체가 전력을 다해야 하는 과도한 목적일지도 모른다. 그것은 삶이며 동시에 맹목이다.

음식에 대해 서정적인 의미를 부여하는 것. 아직 흙이 묻었거나 바닷물이 묻어 있는, 음식 재료의 아름다움과 신선함과 생명력과 아직 밭에서 자라는 야채들, 아니 생명들의 씨앗부터 가르치는 것. 물고기를 만지는 일, 붉은 당근을 써는 일, 오이 껍질을 벗기는 일, 그런 것이 '생과의 접촉'이다.

가정이란 참 이상하다. 아이는 성장하고 부모는 죽어가고, 탄생이 있고, 장례식이 있고, 부부는 점점 육친처럼 동질화되어 간다. 그러니 혼외정사와 배반의 욕망은 번성하고 아이들은 저항하고 어른들은 통제하고 형제끼린 경쟁하고 반목하고…… 눈먼 에너지들의 맹목적인 충돌이 너무나 성하다.

무슨 착각이라도 하는 것일까. 가끔씩 스푼이나 젓가락, 포크 따위가 한 개씩 없어진다. 이상하지 않은가? 스푼 먹는 바퀴벌레 같은 것이 있는 걸까? 쥐가 물어가기라도 하는 걸까? 가끔씩, 사라진 스푼과 젓가락들이 텅 빈 몸속에서 쩔렁쩔렁 부딪치는 것 같다.

기쁨 때문이 아니라 아픔 때문에 매이는 존재, 세상에서 가장 무거운 존재. 때로는 아주 가벼워지고 싶다. 자식이라는 것에 대해, 아버지에 대해. 서로에게 풀려나 깃털처럼 가볍게 떠돌고 싶다.

가끔씩
남자들의 얼굴이
모두 한 얼굴로
변하는 순간들이 있다.

이 나라에선 마흔이 넘으면 다른 삶이 없다. 다른 철학이 없으니까 솔직히 어떻게 살아야 할지 알 수 없는 것이다. 그러니 스무 살엔 혁명을 했다 해도 마흔만 넘으면 모두 현실 속에 귀순해 버린다. 저항이든 혁명이든, 새로운 모럴을 창조하지 못하면 아무 소용이 없다. 처자식을 버리고 바랑 하나 둘러메고 속세를 등지지 않는 이상…….

왜 이 땅에선 개인적인 모럴이 생기지 않는 걸까. 왜 젊었을 때는 다르게 반항한 사람들이 나이 들면서 똑같은 것을 추구하게 될까. 왜 좀더 다양한 생이 없을까. 개인적인 창의성의 부족이라는 이유가 아니라면 달리 수긍할 만한 변명거리가 무엇일까.

누구에게나 현실이란 비현실적인 것이다. 우리가 생생한 실존을 경험하고 삶과 부재 사이의 갈등을 느끼지 않을 수 있는 그런 순간이 인생에 몇 번이나 오겠는가. 삶은 언제나 결핍 아니면, 환멸의 벼랑인 것이다. 그러니 환멸과 결핍, 그 사이에 추억과 꿈의 세 번째 공간이 필요한 것이다. 그럴 경우 누가 추억과 꿈을 비현실이라 할 수 있겠는가. 이 삶이 모두 현실이 아닌 것처럼. 그것들이야말로 우리가 쉴 수 있는 진정한 현실일 수도 있다.

아직 실현되기 전에는 모든 것이 꿈이다. 하지만 모든 실현된 것은 먼저 꿈꾼 사람들에 의해 이루어진 것이다. 아득하다고 해서 그것을 꿈이라고 말한다면 난 기꺼이 꿈꾸는 사람이 되련다.

나비의 변신,
나비의 비상은
눈부시다.

수개월 동안 밀폐되어 있다가 드디어 변신에 성공한 나비는 이제 풀잎을 먹지 않는다. 꽃즙이나 거북이의 눈물, 사람의 땀을 먹는다. 나비는 코가 없다. 더듬이로 냄새를 맡는다. 입도 없어서, 나비가 된 후로는 전혀 먹지 않는 나비들도 있다. 그런데도 나비들은 굉장히 힘이 세다. 모나코 나비는 지구를 반 바퀴나 돈다. 멕시코 계곡에서 겨울을 난 뒤에 유럽까지 날아가는 것이다. 무려 삼천이백 킬로미터를 나는 것이다.

나비는
아무 때나
막무가내로 날지 않는다.

나비가 날기 위해서는 몸이 뜨거워져야 한다. 30도 이상의 체온을 유지해야 비상이 가능하다. 나비의 배 쪽엔 비늘가루가 변한 털이 빼곡이 덮여 있는데 그곳에 최대한 햇빛을 쪼여 그 복사열로 체온을 올린다. 그래서 날씨가 맑은 날만 날고 흐린 날이나 비 오는 날은 비상하지 않는다. 체온이 생명이기 때문이다.

나비가 불 속으로 날아드는 것도 체온에 대한 욕망, 바로 비상에 대한 욕망 때문일까……. 생물학자들은 나비가 불을 향해 달려드는 이유를 규명하기 위해 무던히도 연구해왔지만 아직 밝히지 못했다고 한다. 때로 여자가 스스로 불 속으로 몸을 던지는 것처럼 보이는 현상에 대해서는 누군가가 규명을 했던가, 혹은 규명하려고 노력이라도 했던가. 나비에 대해서는 그토록 노력을 하면서도 말이다.

나비는 평생 동안 오직 한 번 짝짓기를 한다. 중국 팬더는 1년에 한 번 배란기를 맞이하는데도 마음에 드는 수컷을 만나지 않으면 해를 그냥 넘긴다. 그러다 멸종 위기에까지 놓이게 되었다.

지렁이는 자웅동체지만 제 몸을 이어 붙이지는 않는다. 다른 지렁이와 만나 짝짓기를 한다. 지렁이는 얼마나 외로울까. 암수 둘 다 마음에 드는 다른 암수 한 몸을 만나기가 얼마나 어려울까. 머리쪽의 애끼리는 마음에 드는데, 반대쪽 애들은 서로 마음에 들지 않아 등을 돌리고, 꼬리 쪽의 애들은 눈이 맞았는데 반대편 애들은 눈엣가시처럼 으르렁댈 테니.

달팽이의 짝짓기 장면은 예쁘기 짝이 없다. 소라를 짊어지고 만난 두 마리의 달팽이가 각자의 집을 곁에 둔 채 손바닥을 겹치듯 꼭 포개진다. 그러고 나면 각자의 집을 끌고 또 제 갈 길로 떠난다. 꼭 불륜과 같이.

우리는 다만 자기 방식대로 사랑하고 실패할 수 있을 뿐이다.

이 세상에 사랑했더라면, 이라는 말보다 더 회한에 사무치는 말은 없을 것이다. 사랑했더라면, 그런 못이 박혀버린 사람들이 더러 있다. 사랑했더라면 세상 밖으로 미끄러져 가는 것들을 안으로 끌어당겨줄 수도 있었을 텐데……. 그 회한의 말은 삶에 얼마만큼의 효용가치가 있을까.

세상에서 가장 섹시한 사람들은 진짜 사랑에 빠진 연인들이다. 덧붙일 필요조차 없다. 그러나 그것보다 더 섹시한 사람들이란, 약간의 권태가 스며든 조금 오래된 연인들이다. 우린 좀 오래 되었지, 라고 생각하는 진지한 연인들. 진지한 권태란 틀림없이 긍정적이고 대담한 변태를 생산해 낼 것이다. 그들이 사랑을 통해 상상하고 갈망하는 모든 것을, 서로를 통해 끊임없이 실현시키는 충실하고도 노련한 연인들. 그들이야말로 세상에서 가장 섹시한 사람들이다.

사랑이란, 그 여자 자체가 아닐 수도 있다. 유월의 한밤에 낯선 사람의 지붕 위에

올라앉게 만드는 그 이상한 초대를 사랑이라고 한다.

때가 되면, 사랑도 저 홀로 흘러가야 하는 것이다.

그러나 어떤 말이 사랑을 위로하고, 저 혼자 흘러가게 해 줄까.

세상엔 사랑을 희롱하는 사람이 있고 사랑을 부정하는 사람도 있고 무관심한 사람도 있고 사랑을 멸시하거나 심지어 매매하는 사람들도 있다. 근본적인 애정 결핍과 배반과 상처와 환멸, 의심과 피폐한 기다림과 소외와 생활고. 싸구려 불량품처럼 넘쳐나는 유사 사랑들, 지쳐버린 마음과 학대에 이르기까지…….

그러나 갖가지 신발을 시시각각 바꾸어 신는 그런 다족류 같은 사람들조차 긴 복도를 걸을 때나 홀로 계단에 오를 때, 길모퉁이를 돌 때나 밥숟가락을 들 때, 잠들기 위해 반듯하게 등을 펴고 누울 때 문득 자신이 지고한 단 하나의 사랑을 기다리고 있다는 것을 깨닫는다. 마치 신발 한 짝을 잃어버리고 내내 절룩거리며 다니거나 더러운 발로 누추하게 장바닥을 헤맨 사람처럼.

나는 사랑에 대한 과대망상 따윈 없다. 삶이 그렇듯 사랑 역시 매우 사적이고 애매하고 미결정적이며, 성향에 따라 운명에 따라 깊이도 형태도 비중도 천차만별인 것이다. 진실이나 거짓, 품위와 욕망, 고급과 저급, 물질과 정신, 이성 간과 동성 간, 이중 연애와 삼각관계, 정상적인 것과 도착적인 것, 고상한 것과 음란한 것……. 아무려면 어떤가. 삶이 깊어지면 개념은 사라진다. 삶을 살아가는 사람은 이미 규정된 관념을 넘어서 저 너머 저마다의 낯선 벼랑길을 걷는다.

그래서 생은 여전히 미확인적인 유혹을 생산해 내는 것이다.

만약 막다른 길이나 길이 끊어진 벼랑 앞에 섰다면 어떨까.

어떤 사람은 그곳에 주저앉아 평생을 보낼 것이다. 어떤 사람은 심연을 향해 떨어

지는 자기를 볼 것이다. 자기 속에 있는 구름의 다리를 믿는 사람들이 그들이다.

그런 사람은 자신의 본질을 따르는 것이다. 어쩌면, 심연은 오히려 높은 곳에 있는

지도 모른다. 구름처럼 높은 곳에…….

간혹은 벼랑 끝에서 평생을 보내는 것도 추락의 경지일 수 있다.

그 상태에서 자족한다면 그럴 수도 있다. 미망과 추락에 대한 두려움이 없다면, 혼

돈과 망상 따위로 눈이 가려지지 않는다면. 그렇지만 벼랑 끝에 붙어 있는 것들은

언제나 두려움에 떨고 있는 것들이다. 그러니 진정하기도 어렵고 자족하기도 어

렵고 순수하기도 어렵다.

하늘 아래 우리의 운명이란 결국 그저 그런 것이다.

비록 감쪽같이 배설물을 처리하고 있기는 하지만.

지친 표류자가 다정한 얼굴로 잠시 올랐다가 손 흔들고 떠나는 섬들. 누구나, 우리

는 조용히 흔들리며 소금 물살에 흘러가는 듯 보이는 작은 섬들이며 동시에 누군

가의 등을 타고 올라 쉬고 싶은 지친 표류자들이다.

남자, 그들은 대체로 처음에 약하다.

어머니, 고향, **고추친구**, 첫사랑, **첫경험**, 첫인상, **처녀성**……

어쩌면 첫눈에도 여자보다 더 약한 것 같다.

어린 남자아이는 누구나 한때 엄마를 빙빙 맴돌며 자신이 다시 들어갈 수 있는 틈을 찾는 것 같다. 자신이 나와 버린 천국이 엄마의 몸속에 있다는 사실을 알고 있는 몸짓이다. 아이는 그것을 찾고 싶어 엄마의 몸을 뒤지지만 결국 찾지는 못한 채 아빠와의 싸움에서 지쳐간다. 그것은 영원히 닫혀버린 방이기 때문이다. 그리고 아이는 어느 날 깨닫게 될 것이다. 자신이 자신의 여자가 아닌 다른 남자, 요컨대 자기 아버지의 여자의 몸에서 태어난 존재라는 것을. 그러면 나의 아들은 어떻게 될까. 분명한 것은 언젠가 나를 떠난다는 사실이다. 나를 떠나면서 아들은 걷잡을 수 없이 자랄 것이고, 나는 달걀 속의 노른자위처럼 곱던 아들의 몸에 불꽃같이 거친 비늘이 돋는 것을 지켜보게 될 것이다. 어미의 몸 안에서 누구나 한때는 고통 모르는 담수어였던 모든 아들들을.

육체가 이성화되어 있는 사람도 있을까. 있을 것이다. 그렇다면 육체가 이성화되어 있지 않은 사람도 있을까. 순수하게 정말로 통제할 수 없는 야성적인 육체라는 것이 존재할까. 그렇게 완전하게, 자의식 없이 욕망만으로 가득한 몸이…….

사랑하는 사람들은 단지 스타일리스트일지도 모른다.
진정한 욕망은 장식이 없는 것이다.

여자들은 서둘러 꾸며놓은 여성적 아름다움으로 자신의 욕구를 기만한다. 그들은 포장된 선물처럼 누군가가 자신을 열어주기를 기다릴 뿐이다. 그래서 모든 첫 관계는, 심지어 공식적인 결혼을 한 뒤의 초야조차도 흡사 강간적인 요소를 띠는 것이다. 오해와 오해가 맞물리는 동의하는 강간과 동의하지 않는 강간의 차이를, 가엾은 남자들이 어떻게 알겠는가. 오히려 남자들로서는, 밀어붙이면 가능한 상황인가 아닌가가 훨씬 뚜렷한 여자의 의사표현으로 읽히리라.

진실은 진실이고 사람의 일은 사람의 일이다. 그걸 어쩌겠는가. 남녀간의 일은 무어라고 말할 수도 확인할 수도 없는 것이다. 사랑하고 결혼해서 애 낳고 평생 사는 부부들도 둘 사이의 진실이 어디에 있는지는 모른다.

사랑이란 산 너머를 보는 신비한 힘,
그러니 진실 따윈 사랑의 몫이 아니다.

새벽 4시에 초인종을 누른 사람은 누구나 할 말 같은 건 없을 것이다. 유구무언이지만 벨을 누른 그것으로 충분히 용건이 표현된다. 새벽 4시에는.

오르가슴에는 분명 그만한 가치가 있을 것이다. 단순한 섹스 이상의 운명적 친밀감을 만들어내는 힘이다. 아니 운명적 친밀감만이 오르가슴을 만들어내는 것인지도 모른다.

그건 우연히 오는 게 아니다. 무엇보다 정말로, 100퍼센트 퍼펙트하게 정신적으로 사랑하는 상대가 있어야 하기 때문에. 물론 오르가슴은 모든 사람이 저마다 다르게 느끼고 표현할 수 있는 어떤 것일 수도 있다. 몸 안에 장기도 혈액도 수분도 사라져버린 느낌. 육체의 적멸. 아주 오랫동안, 수백 년 동안 잊혀져 있었던 정원 같은 고요. 섹스란 상대와 함께 하는 것이지만, 오르가슴은 자신에게로 가는 길이기도 하다. 어쩌면 섹스와 오르가슴, 섹스와 사정 사이에 아주 다른 차원의 덧문이 있는지도 모른다.

그러나 오르가슴의 전설에 너무 억눌리거나 콤플렉스를 느낄 필요는 없다. 그것은 소문처럼 그렇게 일상적으로 흔한 건 아닐 것이다. 한 사람의 생애에서도 어떤 시기에 얻었다가 어떤 시기에 잃기도 하고, 일찌감치 왔다가 흔적 없이 가버리기도 하고 뒤늦게 느리게 오기도 하고, 생이 그런 것처럼, 어떤 조건이 완벽하게 모여들었다가도 또 서서히 흩어져가는 것처럼……. 사람들마다 삶의 시기가 다른 것처럼. 마음도 육체도 세월도 끊임없이 변화하니까. 섹스든 오르가슴이든, 그것도 다 삶의 일이니까. 아직 오지 않았으면 언젠가 태연하게 올 수도 있고, 혹은 그 대신 다른 것이 왔을 수도 있다. 혹은 오르가슴을 무언가 다른 것과 바꾸었을 수도 있다.

인생은 우리의 꿈을 두고 텔레비전 9시 뉴스와 서점 진열대를 덮는 월간지들과 거리를 방황하는 낯모를 패션들과 함께 다른 강물로 흘러가기도 한다. 거리 한구석에서 천천히 망가져가는 공중전화 부스들과 건전지 빠진 장난감 같은 이웃집 여자들과 함께…….

이제 우리에게 남은 진실은 강박관념과 같은 사소한 취미와 습관들뿐이다.

우리는 크레바스를 끼고 산다. 그것은 곁에 있는데도 도무지 눈치챌 수가 없다.

크레바스는 북극이나 히말라야 산 같은 곳에 있는데, 얼음이 갈라진 좁고 깊은 틈이다. 그 검은 틈은 눈으로 덮여 있어서 아차 하는 순간 비명도 지르지 못하고 빠지게 된다. 앞에 걸어가던 사람이 알아채지 못할 수도 있고 알았다 해도 아주 좁고 깊은 틈이어서 구할 수가 없다. 그 크레바스가 바로 여기에, 우리 곁의 도처에 존재한다. 사람들은 순식간에 그 틈으로 빠지고 그리고 영영 사라진다.

불운이 겹치고 겹치면 좌절도 깊은 잠처럼 깊어진다. 비행을 꿈꾸던 깃털은 오래 쓴 빗자루처럼 망가지고 우리의 눈빛도 낡은 코트의 단추처럼 손상된다. 그런 날들이 참으로 빠르게도 흘러가서 마침내 어느 날엔가는, 찬란하던 꿈의 본질도 물빠진 치마를 입은 웨이트리스 같은, 그렇게 엉뚱한 모습으로 남기도 하는 것이다.

사랑 없이도, 믿음 없이도, 살 수는 있다. 메마른 가시덤불처럼, 바다이 갈라진 우물처럼, 추운 날들의 차디찬 비석처럼……. 그러나 삶에 있어서 의미는 무엇일까. 왜 실체가 없는 것이 실체를 지배하고 서로의 팔과 다리를, 심장과 귀를, 입과 입술을 하나하나, 이토록 잔인하게 떼어놓는 것일까.

물에 빠진 사람이 완전히 사망했는지를 확인할 때는 심장이 아니라 항문을 통해 안다고 한다. 항문이 열려 있으면 죽은 것이고 입으로 들어간 것이 항문으로 나가지 않았으면 아직 살아 있는 것이다. 우리의 내부는 실은 외부와 마찬가지의 상피 조직으로 봉인된 외부이다. 우리는 자신 속에 또 한 겹의 외부를 안고 있는 것이다. 우리가 진정으로 내부라고 할 만한 것은 우리 몸속에 존재하지 않는다.

물속에서 허우적거리기를 체념하고 물의 움직임에 나를 맡기듯, 나 자신을 고스란히 맡겨보는 것. 그것은 문제를 뛰어넘는 방식이기도 하고 문제를 끌어안는 방식이기도 하다. 문제를 문제시하지 않는 방식, 만약 그런 순간들이 없이 내가 인생을 꽉 쥐고만 있다면 아마 내 생에는 아무 일도 일어나지 않을 것이다.

삶에서 삶을 빼면 무엇이 남을까.

어쩌면 사람이 세상을 떠날 때 가져갈 수 없는 불가항력의 무엇, 사람이 살아가는 실제 삶보다 더 삶 같은 어떤 것이 있을 것이다. 햇빛이 폭포수처럼 쏟아져 내리는데도, 찢어지고 아래로 처진 커튼이 바람에 펄럭이는 창문들은 눈동자가 패어나간 자국처럼 깊고 캄캄한데 무엇인가가, 무수한 시선이 모여 기억이 되어버린 무언가가 그 창문들 중 하나의 창문 뒤에 숨어 무상하고 찬란한 햇살의 틈을 바라보고 있을 것만 같다.

생은 정돈되지 않는다.
그것은 끊임없이 변화해 가는
유동성 물질 같은 것이다.

잃어버린 것은 완전해 보인다. 하지만 막상 그때로 돌아가면 결코 완전한 건 없다. 돌아갈 수 없기 때문에, 상처 때문에 유토피아적 환상이 생기는 것뿐이다. 유토피아란, 그래서 미래의 이상이라기보다는 상처로 인해 돌아갈 수 없는 과거에 대한 집착이기도 하다. 진실을 말하자면 우리는 늘 불완전하고 늘 잃어가고 늘 어딘가로 가는 불확실한 과정 속에 있다. 누구나 망해서 죽는 것이다. 눈과 머리카락과 관절과 피부와 피의 온기, 꿈과 시간과 사랑과 기억……. 잃는다는 건 당연한 지불이다.

우리 생애가 무임승차를 허용할 리 없다.

건물들도 알고 보면 사람의 것이 아닐 수도 있다. 스스로 비와 눈과 바람과 태양빛과 계절과 시간과 밤과 낮을 경험하며, 숨쉬고 늙고 추억하고 회한에 잠기고 꿈을 꾸며 죽어가는 생명체 같다.

이상한 일이다. 이야기는 지워지고 배경과 소리들과 촉감과 냄새들만, 그 사소함과 고요함과 찬란함만이 이토록 생생한 진실로 되살아나는 것은. 그것들이 시간을 무너뜨리며 현기증이 나도록 빠르게 덮쳐와 몇 번이고 다시 현재성을 획득하는 것이다.

때로는 죽음이 어느 날 사람을 덮치는 것이 아니라 사람이 한발 한발 아주 오랫동안 그곳으로 다가가는 것만 같다. 흡사 중독 현상처럼, 어쩌면 뇌에 입력된 프로그램처럼……. 어떤 사람은 끊임없이 도넛을 먹으면서 다가가고, 어떤 사람은 매일매일 술을 먹으면서 다가가고, 어떤 사람은 점점 더 짜게 먹으면서 다가가고, 어떤 사람은 조금씩 조금씩 액셀러레이터를 밟으며 다가가고, 어떤 사람은 조금씩 더 과로한 짐을 지며 다가가고, 어떤 사람은 살금살금 교통 신호를 어기면서 다가가고, 어떤 사람은 조금씩 더 깊은 잠을 자며 다가가고, 어떤 사람은 더 먼 바다로 나아가며, 어떤 사람은 더 험한 계곡을 오른다. 그리고 어떤 사람은 하루하루 그냥 여기까지라고 느낀다. 날마다 치사량의 독을 먹으며 생이 중독이든, 죽음이 중독이든 상관없이 그냥 끝이라고, 여기까지라고. 더 이상 아무런 계획도 없는 것이다. 그리고 정말로 끝이 온다.

사람이 죽으면 눈과 성기가 가장 먼저 썩는다고 한다.

진 정 한   사 랑 은
이 해 가   아 니 라 ,
존 중 이 었 다 .

사랑이 영원한 것은 그 자신의 진실 때문이 아니라, 존재의 불가능성과 남루함, 그리고 상처 때문이다. 세상에는 진실보다 더 깊고 영원보다 더 먼 사랑이 있는 것이다. 그것은 우리들이 깊은 상처를 벌리며 끌어안게 되는 절대적인 사랑, 아직 다하지 못한 사랑이다.

스무 살이든, 마흔 살이든, 일흔 살이든 그것은 시간이 아니라 오히려 어떤 지점인 것 같다. 떨림과 어긋남의 차이…… 그 속에서 우리의 생은 LP판 속의 가수처럼 노래한다. 정밀한 트랙 위에 금을 그으며 실제로는 어디로도 가지 않는다. 봉인된 지도 같은 손금 속에서 스스로를 감거나 풀기만 할 뿐. 서서히, 혹은 갑작스럽게, 정신적으로 신경증적으로. 그리고 물질적으로 낡아가며, 시간과 기억의 불협화음과 망각과 실종의 허방 사이에서 간혹 날카로운 스크래치를 일으키기도 한다. 그러니 삶이란 우리를 어느 다른 곳으로 데려가는 것이 아니라, 퇴적층의 무늬를 만들며 점점 더 깊은 수렁으로 운반하는 것이 아닐까.

시간이 조금 더 흐르면 모든 것이 나아질 거라고 기대한다. 시간이 흘러서 다시 기회가 오고, 상처들은 낫고, 그리고 잊을 수 있기 때문에. 그러나 어떤 사람에게는 그 시간이 더 이상 흐르지 않게 된다. 그가 중단한 시간 때문에 맺혀버린 시간 앞에서, 살아남은 사람은 누구나 풀 길 없는 죄인이 되고 만다.

지나고 보니 나쁜 일은 없었다는 생각이 든다. 강물과 바람이 모래를 실어 나르듯, 모든 것은 인생이 실어 나르는 모래알 같은 것이다. 말을 해도 어쩔 수 없이 모호하고, 자리를 털고 일어서면 함께 증발되어 버리고 말 하나의 느낌에 불과하지만, 최소한 이 순간에는 산다는 것이 어떤 의미인지도 알 것 같다. 굳이 말을 하자면, 이런 것이다. 공기 속에 자신을 놓아야 한다는 것, 그리고 삶을 신뢰하며 순간의 등을 올라타고 달려야 한다는 것.

제 갈 길로 가는 것들의
아름다움…….
별도 달도 해도
사랑하는 사람이
저 홀로 떠나가는 운행도
실은
그런 것이 아닐까.